雖然是公會的櫃檯小姐，但因為不想加班所以打算獨自討伐迷宮頭目

uketsukejou saikyou

2

[著] 香坂マト

[illi] がおう

雖然是公會的櫃檯小姐，但因為不想加班所以打算獨自討伐迷宮頭目

uketsukejou saikyou

登場人物介紹

CHARACTER:1

亞莉納・可洛瓦

從事理想的職業「櫃檯小姐」的少女。不奢求有大成就，只想過安心、穩定的小日子，對現在的工作很滿意，但工作量持續過大時，會顯露出不為人知的一面……？

CHARACTER:2

處刑人

傳說中手段高明的冒險者，會在攻略不下的迷宮中颯爽出現，單獨討伐頭目後，一言不發地離去。雖然有人說本人一定是大帥哥，但存在本身仍是謎。

CHARACTER:3

傑特・史庫雷德

公會最強隊伍「白銀之劍」的隊長，位置是盾兵（Tank）的青年。誠實不驕傲的個性與端正的外表使他有眾多粉絲。知道亞莉納的真實身分後，一直想邀她加入隊伍，但——

CHARACTER:4

露露莉・艾修弗特

隸屬於「白銀之劍」的補師（Healer）。外表看起來很童稚，其實是最強隊伍的一員，能使用稀有技能與治癒魔法。

CHARACTER:5

勞・洛茲布蘭達

「白銀之劍」的後衛（Back Attacker），是隊上專門炒熱氣氛的青年。身為黑魔導士，擅長強力的攻擊魔法。

CHARACTER:6

萊菈

伊富爾服務處的櫃檯小姐，亞莉納的後輩。有著迷妹的一面，正熱衷於帥哥（？）冒險者處刑人。

CHARACTER:7

葛倫・加利亞

伊富爾冒險者公會的會長。自己也曾是「白銀之劍」的最強前衛（Top Attacker）。

班……！」

「今年！我一定！
要在百年祭當天準時下

百年祭
大都市伊富爾最知名的盛事之一。原本是模仿過去住在大陸的「先人」的習俗而舉行的儀式，後來規模愈來愈大，如今已演變成許多商人趕來擺攤，街頭藝人爭相表演，連續慶祝三天三夜的大規模慶典了。

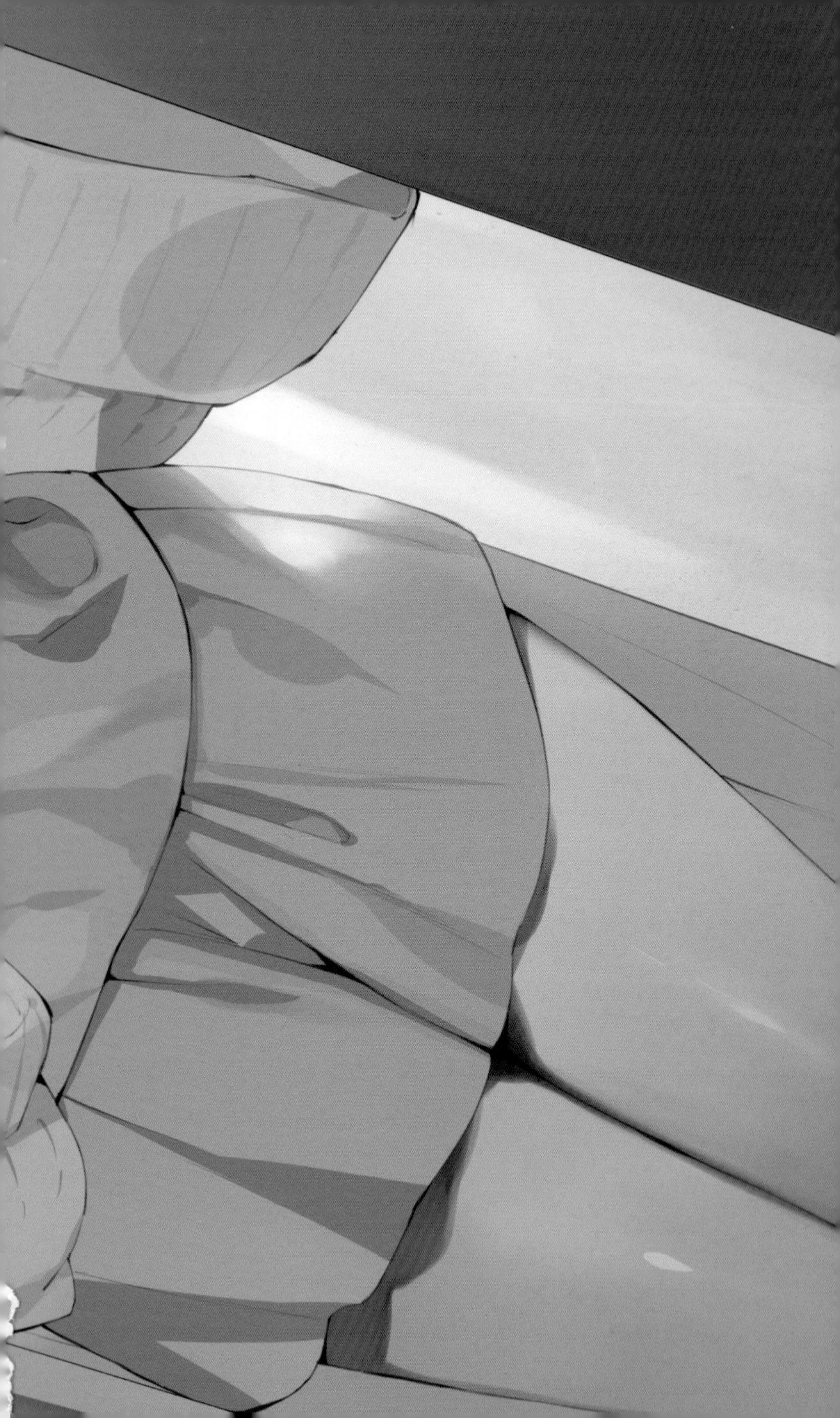

雖然是公會的櫃檯小姐，但因為不想加班所以打算獨自討伐迷宮頭目 2

uketsukejou saikyou

〔著〕香坂マト

〔illl〕がおう

1

又笨又沒用。總是被那麼說。

不會念書，運動也不行。

學習能力很差，不管做什麼都比不上別人。

雖然如此，還是希望能被他人需要。不，正因為什麼都做不好，所以才希望有人需要自己，希望能藉著被需要來證明自己有價值。想以此獲得自信。

所以，才會選擇成為補師（Healer）。

因為光是身為「補師」，就會被當成重要人物，被大家需要。

只要躲在盾兵（Tank）後方，對隊友們使用治癒光（Heal）就好了。

就算又笨又沒用，只要躲在盾兵身後，就不會扯其他人後腿。

既簡單又安全，而且被大家需要。

我一直認為，沒有比這更好的位置。

如果是這個位置，連沒用的自己也做得到。

我很卑鄙。

內心清淨、為他人著想、療癒隊友的補師……隱藏在這種形象之後的我，其實是陰險狡猾又懦弱的小人。

正是基於這種投機取巧的想法，才會在沒有任何覺悟的情況下成為補師。

——所以才會害死隊友。

2

亞莉納・可洛瓦成為冒險者公會的櫃檯小姐，已經第三年了。

若要稱為老手資歷還太淺，又早已度過新人的階段，是差不多該熟練所有工作的時期。

這樣的亞莉納，最近有了某個「目標」。是就算賭上生命也非實現不可，非常非常重要的目標。

「祝您一路順風！」

站在櫃檯前的亞莉納，笑咪咪地目送辦完手續的冒險者離開服務處。

在忙碌時期得擱置到下班才能繼續處理的委託書，也已經當場處理完畢了。亞莉納再三確認文件沒有任何疏漏之處後，把委託書收了起來。

「啊啊，真和平……！」

大都市伊富爾中，規模最大的冒險者公會服務處——伊富爾服務處。

亞莉納站在五個窗口之一的後方，滿意地喃喃自語，環視大廳。

柔和的陽光從挑高天花板的天窗傾瀉而下，照亮寬敞的大廳。冒險者們站在占據整面牆的巨大任務板前，以平穩的表情挑選著任務。牆上掛鐘的指針來到十二點的位置，宣告午休時間到來。上午的窗口業務十分平靜地結束了。

「好——午休時間到了——！」

伴隨城裡的鐘塔宣告正午到來的響鐘，亞莉納立刻伸起懶腰。其他窗口的櫃檯小姐也紛紛走到後方，準備休息。亞莉納意氣風發地把『上午的業務時間已經結束』的牌子放在櫃檯上，準備離開窗口。

——就在這時。

「等一下等一下等一下——！」

一名大塊頭冒險者，大喊著闖進伊富爾服務處。

亞莉納吃了一驚，不禁停下腳步——這就是她落敗的原因。

那名冒險者看也不看其他窗口一眼，逕自衝到亞莉納的窗口前。

「太好了——！趕上上午的業務時間了——！」

不對你根本沒趕上好嗎……？

雖然亞莉納還站在櫃檯前，可是上午的營業時間確實已經結束了。

儘管如此，一副「在我的認知中這個世界還是上午」的冒險者男子喘了口氣，擦著汗，大刺刺地道：

「因為我急著接任務嘛。可是午休時間到了，其他櫃檯是不會讓我接任務的，不過如果是亞莉納妹妹妳，就算稍微遲到一下應該也沒問題，所以我才會特地趕來這裡的哦！嗯，太好了！幸好有趕上！那就麻煩妳了！」

嗯，你去死吧。

亞莉納臉上的笑容凍結，在心裡如此說道。儘管她勉強把差點脫口而出的話吞回肚裡，可是在明白對方是明知故犯後，殺意不禁排山倒海地湧上心頭。

對這傢伙來說，這麼做只是貪圖早幾十分鐘的方便而已——但是那不經大腦思考的輕浮行為，可以說是滔天大罪。

在漫長的工時中，無比珍貴的一個小時休息時間。能暫時擺脫麻煩的人際關係，讓心靈稍微透氣，有如天國般的自由時間。就連一分，不對，就連一秒都不能浪費。可是，這傢伙的行為，等於要求亞莉納犧牲如此寶貴的時間。不可能原諒。

「……！」

亞莉納在心中懊惱不已。

要說沒趕上營業時間，那確實是沒趕上。但如果問是不是完全錯過營業時間了？卻也不至於。可以說是最差的時機。假如自己當初沒有停下腳步，還可以用「沒注意到」的理由來搪塞過去。

「……是，目前還是可以辦理委託的哦。請選擇您想承接的任務。」

這句話中究竟包含了多偉大的善意、犧牲了多珍貴的時間，亞莉納很想花上至少一個小時，好好教育這個不長腦的冒險者。但她還是努力忍下一切，擠出笑容。

在這種時候，冷淡拒絕對方的話，說不定會被投訴。犧牲一部分午休時間處理委託業務，以及因被投訴而另外花時間寫報告書——把兩者放在天秤上衡量之後，亞莉納選擇了前者，同意讓對方辦理接案手續。

只要看臉就知道，對方是常來亞莉納窗口排隊的老顧客之一。亞莉納把那冒險者列入心中的黑名單，一面僵笑，一面告訴自己，這就是工作。

閃過腦中的，是立誓絕對要達成的「某個目標」。

沒錯，我有那個目標。所以在這個時間點，不能隨便增加工作量——

＊＊＊＊

「亞莉納前輩真是太倒楣了。」

遲來的午休時間，有人對坐在辦公桌前的亞莉納如此說道。

那人有雙又圓又大的眼睛，綁著活潑的雙馬尾，看起來相當可愛。她是小亞莉納兩屆的後輩，今年剛進伊富爾服務處的新人櫃檯小姐萊菈。

「……確實是很倒楣呢，煩死了……」

哼！亞莉納孩子氣地扁嘴，洩憤似地用力咬著充當午餐的麵包。

到頭來，由於這樣那樣的理由，亞莉納花了半個午休才把案子處理完，使她沒有餘裕像平常那樣在外頭吃午餐，只能坐在辦公桌前啃麵包。

「那種趕在最後一刻來的傢伙，案子處理起來總是特別麻煩。這是什麼莫非定律嗎……？最近難得不是忙碌的時期，不需要加班……為什麼我非得在這麼和平的時候，把午休時間浪費在處理別人的麻煩案子上不可啊……！」

亞莉納殺意騰騰地抱怨，萊菈瞪大眼睛，說：

「前輩，妳現在的樣子看起來和魔物沒兩樣哦……！妳不說話時明明是大美人，別露出那種會毀滅全世界男性妄想的可怕表情啦……！」

「管他是美人還是魔物，我對玷汙我神聖午休的傢伙一向一視同仁地火大！」

亞莉納大口咀嚼後吞下麵包，惡狠狠地抬頭。

其實，亞莉納是在私底下很受冒險者歡迎的美少女。

烏黑的長髮、翡翠色的大眼十分楚楚可憐，加上柔軟細緻的肌膚及纖細的身材。是只要安靜地站著微笑，就能令人看到著迷的十七歲可愛少女——

但如今，她的表情因毫不掩飾的憎恨而扭曲，櫻色的嘴唇也因此變形，惹人憐愛的翡翠色眸子被殺意燃燒得晶亮，全身散發駭人的氣勢，完全不見美少女的風采。

「毀了我午休的廢柴冒險者……！饒不了他……！罪該萬死……！」

「前輩變成這樣時，不管說什麼都沒用呢……」

看著難得精緻的臉龐變得橫眉豎目的亞莉納，萊菈放棄似地嘆道。

「其實妳可以不要理他啊。」

「因為我想要盡可能地避免增加不必要的工作的風險。」

哼，亞莉納用力握緊拳頭。

「之所以這麼忍耐，全都是為了達成今年非達成不可的『目標』……！」

「目標？」

「沒錯——」

亞莉納瞪著貼在牆上的某張傳單。

午休時的不合理加班，使她氣到在處理業務時一直瞪大眼睛，無法闔眼。眼白因疲勞而布滿血絲，但也更添魄力。亞莉納瞪大那樣的雙眼，高聲叫道：

「就是百年祭!!!!」

服務處是冒險者經常聚集的場所，所以牆上總是貼滿各式各樣宣傳用的傳單。亞莉納瞪著的，就是預定在一週後舉行的祭典的傳單。

百年祭。

那是大都市伊富爾舉行的節慶活動中，規模最大的慶典。原本是作為研究的一環，模仿過去住在赫爾迦西亞大陸的「先人」祈求悠久傳承於這片土地上的「神（蒂亞）」的力量，而舉行的儀式，但現在已經淪落為冒險者們找機會放縱的藉口了。

話雖這麼說，百年祭還是一年比一年熱鬧，如今已經成為伊富爾的一大盛事了。連續舉行三天三夜的慶典，吸引了許多外地的觀光客造訪；而「有人的地方就有商機」，也吸引各地的料理名家、旅行商人，甚至街頭藝人等，爭相來這裡擺攤做生意。

那種光景，已經看不到半點當年儀式的莊嚴，只是純粹享受吃喝玩樂的活動了。

每當百年祭的時期接近，整座城市就會開始浮躁起來。亞莉納感受著那分浮躁，用力握緊拳頭，不甘心地吐露心聲。

「去年和前年，我都因為加班而沒參加到百年祭……！知道一面遠遠地聽著祭典的音樂，一面孤伶伶地加班，是多麼痛苦的感覺嗎……！那是近乎拷問的痛苦與憤怒……！」

「呃……應該是吧……雖然我不想去想像……」

「今年！我一定！要在百年祭當天準時下班！」

唰！亞莉納倏地以羽毛筆指著遠方的上空。那威風凜凜的模樣，有如引導士兵突擊敵軍的戰神。不，應該說亞莉納達成目標的決心，就是如此堅定。

「我要整整三天三夜，盡情享受慶典!!」

沒錯。這就是成為櫃檯小姐第三年的亞莉納，目前最重大的「目標」。

在伊富爾住了超過三年，卻從來沒參加過百年祭，有這種蠢事嗎？不，絕對沒有。所以今年一定要參加百年祭。非參加不可。

雖然自己是以勞力與時間換取金錢的勞動階級，但人類有享受愛好的權利，也有自由使用私人時間的權利。不能以加班那種冷酷無比的勞動，破壞如此重要的權利。

這已經不是「我不想加班了偶爾也想去玩——」那種輕浮的想法，而是一介勞動者，為了取回身為人類的尊嚴，為了爭取自由而發動的戰爭……！

「我也很期待百年祭哦！」

被亞莉納熱切的模樣影響，萊菈的眼神也亮了起來。

「伊富爾的一大盛事！我之所以志願成為伊富爾的櫃檯小姐，理由之一就是因為住在這裡的話，可以每年參加百年祭哦～」

咦？不過——說到這裡，萊菈發現一件事，不解地發問：

「百年祭時，不以那麼堅定的決心，就沒辦法準時下班嗎……？最近工作量不大，不用加班，所以祭典當天只要咻咻咻地收拾好，就能迅速了下班不是嗎？因為我們是『櫃檯小姐』啊！」

「我知道妳想說什麼。」

櫃檯小姐。承辦冒險者的任務承接手續、記錄歸檔，溫柔地目送冒險者前往危險迷宮的公務員。

屬於「終身雇用職」的櫃檯小姐，是除非發生什麼特別重大的問題，否則不可能失業的超穩定工作。不需要像冒險者那樣每天與危險為伍，而且一輩子都有穩定的薪水可領，在社會上的信用度高，是理想中的完美工作——雖然得向邋遢又愛吹噓的冒險者陪笑臉，還得平淡地處理沒有絲毫價值的事務工作，不過基本上，仍然算是悠閒穩定的職業。

「不過，妳的想法太天真——而且太愚蠢了。」

「咦？」

「百年祭當天，這裡會變成戰場。」

「什麼!?」

萊菈錯愕地瞪大眼睛。亞莉納以經年累月的怨恨，冷冰冰地道：

「因為……在百年祭時接下的任務，達成報酬會比平常更多——所以百年祭期間，也是可恨的、以血洗血的『百年祭特別獎金期間』哦……」

「特、特別獎金期間!?!?」

萊菈身子一晃，有種被五雷轟頂的感覺。

「請等一下，達成報酬比平常多!?我從來沒聽說有這回事哦！」

「上次公會總部不是有發了通知書過來嗎？愈是重要的消息，他們愈會用若無其事的態度通知。沒有加以確認的話就會變成自己的錯，不時時刻刻提防他們的話，隨時會被偷襲暗殺哦。」

剛成為櫃檯小姐的那年，理所當然地被公會偷襲，不意外地死過一次的亞莉納，一臉得意地警告差點犯下同樣錯誤的萊菈。

「為了在特別獎金期間接任務，原本蟄伏的冒險者們會變成洪水猛獸，一口氣湧進服務處……知道接下來會怎麼樣了吧？在百年祭期間，工作時間內該處理的業務量有多少呢？究竟什麼時候才能下班回家呢？如此一來，等著自己的只有死……而已哦。」

「死……！」

「前兩年的我，就是因為必須在百年祭當天加班，所以完全沒有時間去享受到祭典哦……！」

儘管櫃檯小姐基本上是能準時下班的工作，但在某些情況下，職場會驟變為無盡加班地獄，忙到無法準時回家。

發現新迷宮時、迷宮即將被徹底攻略完畢前——以及像這次這樣，公會為了稍微炒熱節慶的氣氛，提高任務的報酬時，想多賺點錢的冒險者們會蜂湧而至，如蝗蟲過境般要求承接各種任務，捲起加班的暴風雨。

在那種加班地獄的期間，就連健康、體面的最低限度生活都沒辦法做到。發瘋似地處理業務、拖著身體回到家時，已經精疲力竭了。擠出最後的力氣隨便煮點食物吞下肚後，直接昏迷……別說沒力氣參加慶典，等到回過神時，百年祭早就結束了。

「去年和前年，我都被公會設下的這種骯髒的炒作手法打敗……拚命加班處理那些永遠處理不完的文件，沒空參加百年祭……！」

「骯髒……」

「真爽啊，那些無憂無慮的冒險者……在特別獎金期間，只要辦好接任務的手續就行了，等百年祭結束後，再悠悠哉哉地去完成任務。不但能在祭典時盡情玩樂，又能拿到比平常多的報酬，雙重享受……所以他們當然就像蛆蟲一樣無限地冒出來了，對吧……？」

「亞莉納前輩……妳的眼神很可怕……」

「妳看這個。」

亞莉納無視被自己駭人的氣勢嚇得瑟瑟發抖的後輩，砰！的一聲，把一疊紙甩在桌上。封面上是以龍飛鳳舞的字跡寫成的「百年祭特別獎金期間絕對攻略手冊」幾個字。

「這……這是……!?」

「為了對付百年祭特別獎金期間的窗口業務高峰期，我以過去兩年的經驗為基礎，整理出來的冒險者接案傾向與對應方法……我可不打算一直輸給加班哦。還有這個！」

亞莉納打開鄭重地放在自己桌邊的小冊子。

那是發給觀光客的，用來介紹百年祭的導覽手冊（Guidebook）。為了方便攜帶，所以尺寸不大，可是有點厚度。其中詳細記載了百年祭三日間的各種節目日程、各區攤販的配置，還有熱鬧的祭典插圖。雖然原本是發給從外地來的參加者的手冊，但亞莉納早一步拿到手，並仔細地追加了許多細部事項。

「我已經把百年祭執行委員會公布的官方活動排程倒背如流了，並且多方打聽，完全掌握了每年大排長龍、賣到缺貨的人氣攤位的配置地點。從其中精挑細選了必逛的攤位，規劃好三條迅速有效率地逛完這些攤位的路線……！接下來只要在百年祭的那三天準時下班，一切就完美了……！」

「好……好厲害……之所以盡可能地減少加班的風險，都是為了參加百年祭呢……」

「呵呵……哦呵呵呵呵呵……等著吧百年祭……櫃檯小姐資歷三年的我，可是累積了很多經驗與技巧哦……！今年我絕～～～——對要準時下班，在三天三夜的百年祭中大玩特玩……！」

亞莉納握緊拳頭大聲宣告。她的鬥志隨著對百年祭的驚人熱情熊熊燃燒。

3

「啊啊，準時下班是多麼美好的事……！」

亞莉納愉快的聲音，隱沒在喧囂的伊富爾大街中。

就如同不忘對食物的感謝，在得以準時下班的日子，細細咀嚼準時下班的喜悅，也是非常重要的事。唯有嚐過加班地獄滋味的人，才能感受到那種喜悅。

離開職場的亞莉納，混在伊富爾的下班人潮中，朝自己的家前進——不對，今天在回家前，要先繞到其他地方。

「你好——！」

亞莉納充滿活力地寒暄著，走進自己口袋名單的店裡。那是一間磚造的雅致小店，裡面有利用遺物（Relic）技術製造的冷藏展示櫃，其中擺滿各式各樣的蛋糕。

「我要這個、這個、這個，還有這個。」

買了許多蛋糕的亞莉納，春風滿面地朝自己家前進。

下班後豪邁地購買大量甜食。能做出這種奢侈的事的，只有出社會的人而已。最重要的是，自己確實地在店鋪還沒結束營業之前，下班了——！

「這是只有準時下班的勝利者，才能享受的特權……!!」

加班時，不論晚餐吃了什麼，都味同嚼蠟；只有從工作中解放，準時下班，在自己最愛的家中一個人悠閒地享受美食，才能感受到食物的美好。這是亞莉納所知的、最夢幻的、準時下班的享受之一。

「回家吃好多蛋糕～！」

心情飛揚的亞莉納，不經意地看向與大街相連的大廣場。

位在伊富爾中央，由石板鋪成，中央有作為傳送裝置（水晶門）的巨大藍水晶以及噴水池，總是打掃得乾乾淨淨的大廣場，如今為了對應一週後的百年祭，比平常雜亂了一點。

噴水池暫時停止噴水，並以布塊覆蓋，周圍還堆放了許多木材。

這些是用來打造百年祭最後一天晚上，祭典最熱鬧最高潮時所使用的特設舞臺的建材。

雖然亞莉納不以此自豪（真的不自豪），但是到今天為止，她跨越了數不清的加班地獄。處理文件的速度比以前更快，出錯的次數也變得更少了。最近，她確實地感受到身為櫃檯小姐的自己有所成長。

（沒問題……！今年！一定！能參加百年祭……！）

過去幾年，只能含淚看著它離去的百年祭，今年一定要復仇雪恥——

「亞莉納小姐！」

亞莉納正充滿著決心，卻被一道興奮的聲音喚住。

一名冒險者臉上掛著爽朗的笑容，朝她接近。

那是一名外表端正到令人忍不住多看幾眼的俊挺青年。他比大多數人高出一顆頭，穿著輕裝鎧甲（Light Armour）的身體矯健結實。儘管身後揹著巨大的遺物武器（Relic Arma）盾牌，仍顯得一派輕鬆。與他擦身而過的女性紛紛回頭，認出他身分的人則會小聲驚叫。

「……」

裝備輕裝鎧甲的俊美青年眼中沒有其他人似地，筆直地朝亞莉納奔來——可是亞莉納的表情依舊沒有變化……不如說立刻拉下了臉，用力皺眉。

「幹嘛？」

亞莉納無意識地壓低聲音。來到她面前的傑特停下腳步，默默打量蹙著眉頭的亞莉納好一陣子，最後輕輕嘆了口氣，以感動到發抖的聲音說道：

「啊啊……是一個月沒補充的亞莉納小姐成分……！」

「不要講那種變態發言好嗎？」

出現在亞莉納面前的，是只要身為伊富爾的居民，就無人不知、無人不曉的公會最強冒險者——傑特・史庫雷德。

反射著夕陽光輝的銀髮、受神眷顧的俊美長相、令人豔羨的精壯身材。不只如此，一般人光是發芽一個，就會欣喜若狂的超域技能（西格魯德），傑特一個人就發芽了三個，是冒險者史上第一個擁有這麼多超域技能的人。他號稱公會最強盾兵，是從冒險者中千挑萬選的強者組成的精英隊伍《白銀之劍》的一員，年僅十九歲便擔任《白銀之劍》的隊長，是前途無量的年輕天才冒險者。

不過，這絢爛的一切只是表象，真正的他，其實是嚴重的跟蹤狂。假如被這傢伙看上，就算打他罵他，他還是會死皮賴臉地繼續糾纏。而且他還會發揮如蟑螂般的生命力，三番兩次地從死亡的深淵爬回來繼續蹭人，根本和喪屍一樣。

「亞莉納小姐，妳下班了？」

「反正你一定偷偷摸摸地在旁邊偷看，還需要特地問嗎？」

「是啊，所以我才來找妳嘛！」

「啊——這樣啊……」

看著臉上毫無愧色，甚至莫名得意地挺胸回答的傑特，亞莉納用力皺眉。

「先不講那個了，亞莉納小姐，我的內心深處本來是有點相信妳的……」

亞莉納正在心中百般痛罵，傑特卻嘟噥了起來：

「我一直以為，妳至少會來探病一次的……」

「……」

特地強調的「探病」兩字，使亞莉納倏地別過頭。傑特垂頭喪氣，以悲痛的聲音繼續道：

「結果妳乾脆到極點地一————次也沒來呢……」

「為什麼我非得去探病不可啊？」

「我一直以超域技能探索妳的氣息，想知道妳有沒有來到住處附近……」

「你還是好好躺平吧。」

「可是連一次也沒有感受到……」

「因為我根本沒有接近你的住處，你當然感受不到了。」

「但我們是一起出生入死的同伴哦——!?」

「只是剛好在同樣的場所，順勢一起戰鬥而已——」

「怎麼這樣……!?」

「是說，你不是該在家養傷三個月嗎？現在才經過一個月而已哦？」

沒錯。這傢伙活蹦亂跳地在這裡唉聲嘆氣，本身就很奇怪。根據亞莉納一個月前聽到的說法，傑特受的是必須在家療養三個月才能完全痊癒的重傷，所以暫時停止了所有的冒險者活動。

拜此之賜，這一個月來亞莉納過得很清靜。不會被跟蹤，也不會在下班時被埋伏，可以好好享受一個人的時間。明明是這樣的，到底是誰把這個「變態跟蹤狂白銀蟑螂放出來的啊？」

「亞莉納小姐，妳把最後一段內心話說出來了哦。」

「因為是真心話嘛。」

「呵呵呵！只要有我的生命力，大部分的傷都能在一個月內痊癒哦。」

「啊，是喔……」

哪有可能啊。亞莉納心想，但是說愈多，只會變得愈麻煩，所以她只是隨口回應，嘆了口氣後，她走進沒什麼行人的小巷裡。雖然傑特的內在完全是跟蹤狂，但表面上仍是與公會幹部平起平坐的精英隊伍的隊長，就各方面來說都太引人注目了，不是一介公會的櫃檯小姐能在大馬路邊隨意辱罵的對象。

雖然說最近，由於傑特毫不遮掩地展現他對亞莉納的好感，所以路人反而主動顧慮起兩人，對他們的互動視而不見就是了。

「話說回來，妳考慮過了嗎？」

跟著亞莉納走進小巷後，傑特拋出新話題。

「考慮什麼？」

「當然是加入《白銀之劍》的事了！」

傑特雙眼閃閃發亮，豎起食指。

「一個月前，妳不是以白銀的一員的身分，和我們一起與名為魔神的未知強敵死鬥了嗎！有沒有因此理解冒險者的工作內容，開始對白銀產生興趣呢？」

「沒有。」

亞莉納冷冷地說完，淡漠地向前邁步。

「以亞莉納小姐的力量，成為冒險者的話，肯定能變成大富翁哦？」

「我不想成為大富翁，只想以櫃檯小姐的身分過著平・穩・的！生活！說起來，一個月前是因為公會答應我會增加伊富爾服務處的櫃檯人手，讓我不必加班，所以我才幫忙的哦！可以別再纏著我了嗎？」

「嗚……也是，就知道妳會這麼說——」儘管如此，傑特仍然不肯放棄。只見他從懷中掏出了一張紙。「——所以，我帶了折衷方案過來。」

「……折衷方案？」

「因為我整整一個月都沒事做嘛，所以一直在思考怎樣才能讓妳在當櫃檯小姐的同時，也能成為白銀的一員——看！這樣一來就全部解決了！」

「什……」

看著傑特得意洋洋地秀出的文件，亞莉納僵住了。

只見上面大大地寫著「《白銀之劍》代表　傑特・史庫雷德命亞莉納・可洛瓦成為《白銀之劍》的專屬櫃檯小姐」。

「這……是……什麼？」

亞莉納怔怔地看著連公會的印章都工整地蓋上的文件，傑特得意地揚起嘴角：

「身為《白銀之劍》的隊長，我有決定白銀專屬的櫃檯小姐的權力。這可是我親自和公會會長談判硬是爭取到的啊啊啊啊啊不要撕掉任命書!!」

亞莉納面無表情地搶過任命書，毫不猶豫地將其撕成四片，無視慌張的傑特，把紙片扔到一旁。

「開什麼玩笑你這隻蟑螂跟蹤狂混帳……」

「蟑螂!?」

「白銀專屬的櫃檯小姐？那不就是白天晚上都得工作，沒有假日也沒有私人時間的超黑心工作環境嗎！！！」

亞莉納憤怒地大吼，傑特嚇得皺起了臉。

「……沒、沒有那種事哦？」

「敢用你的權力把我變成白銀專屬櫃檯小姐的話你就試試……我會用鎚子把你揍成看不出原形的肉醬，讓你後悔出生在這個世界上……」

亞莉納陰沉地喃喃碎唸後，一把巨大的銀色戰鎚(War Hammer)憑空出現。

這是亞莉納的神域(蒂亞)技能——〈巨神的破鎚〉。

目前是只有亞莉納擁有的最強技能，據說那是與過去在這片大陸上建立高度文明

「神之國度（蒂亞尼亞）」的「先人」們同等級的力量。

話雖這麼說，亞莉納會得到這樣的力量，並沒有什麼值得稱頌的情節。儘管先人們是得到被稱為「神」的存在的祝福才能使用這個力量，但亞莉納的〈巨神的破鎚〉之所以發芽，單純是加班過頭的緣故。

不論如何，這仍然是極為驚人的能力。而亞莉納正為了打死眼前的跟蹤狂，發動了這能力。

看著聲音因憤怒而顫抖的亞莉納與她手中的戰鎚，傑特緊張地與她拉開距離。儘管如此，他仍然不知死心地繼續道：

「假假假假假如我使用權力的話！就可以任意決定妳的人事哦！」

聞言，亞莉納眉尾一挑。

「……哦——是這樣啊。原來如此，你是認真的呢。我懂了我懂——了。」

「真的嗎！那妳願意加入白呃啊!!」

傑特的表情瞬間一亮，下一秒，亞莉納的戰鎚正面擊中他的臉。傑特健壯的身體如紙片般飛了起來，在半空中旋轉、滑落在地上，猛地撞上小巷內的圍牆。

「什麼權力啊……對我來說可是身為櫃檯小姐的人生危機哦……！」

「不是……等……才剛癒合的傷口又要裂——」

「煩死了你這個白銀混帳———————!!」

「哇啊啊啊啊啊！」

亞莉納揮動戰鎚，傑特慘叫著四處逃竄。劇烈的敲擊聲與青年的哀號，就這樣迴盪在大都市伊富爾和平的暮色之中。

4

隔天早上，開門前的伊富爾服務處。

前輩與上司都還沒露面的寧靜職場中，亞莉納與萊菈正以抹布擦拭著大廳的窗戶與桌椅。

這是底層員工的宿命——一大早打掃職場。

「今天也要迅速確實地完成工作！為了百年祭！」

「前輩很有幹勁呢！」

亞莉納難得展露活潑開朗的模樣，萊菈的表情也明亮了起來。

「看到前輩這麼有精神，就各方面來說我都放心了！」

「呵，那當然。今年我一定要好好享受百年祭。」

畢竟亞莉納有參加百年祭這個積極的目標。

亞莉納用力閉上眼睛，幻想起幾天後的光明未來——在熱鬧的祭典音樂中，穿梭於林立的攤位之間，購買來自各地的稀奇商品、品嚐各種可口的小吃與美酒，直到深夜。光是如此想像，力量就無盡地湧了上來。多麼美好的活動啊，百年祭——

「可是，妳不覺得最近來接任務的人好像有點多嗎？亞莉納前輩。」

萊菈脫口而出的疑問，使原本沉浸在百年祭的妄想中的亞莉納僵住了。

「雖然說服務處還算悠閒，可是接任務的人沒有停過。明明還不到百年祭特別獎金期間，為什麼會特地跑來接任務呢？真是奇妙。前輩，妳不覺得嗎？」

「……說的也是。」

萊菈疑惑地歪著腦袋，一旁的亞莉納則含糊地回應。

其實她也和萊菈有相同的感覺。不對，負責計算伊富爾服務處每日委託案件總數的亞莉納，以明確的數字看出委託量明顯比去年的同時期增加許多。

「為什麼呢？」

但亞莉納故意裝傻，不予回應。

因為追根究柢，那微小的異常和自己有關。亞莉納明白這一點。

「這果然也和一個月前發現的『祕密任務』有關吧……」

可是，萊菈仍然一針見血地點出原因。

「……大概……吧……」

以冒險者為對象的委託，從個人事務到攻略迷宮都有。所有的委託案件都會由冒險者公會統一收集、公開。

與一般的委託完全不同的特殊委託——名為祕密任務的委託，就連冒險者公會都不知道它的存在。

「接下祕密任務，就會出現隱藏迷宮」、「可以得到特別的遺物」等加油添醋的內容，是長久以來在冒險者之間口耳相傳的謠言。但終究只是謠言——直到一個月之前，都是如此。

「不過，沒想到真的有隱藏在遺物中的祕密任務，實在太驚人了！」

萊菈忘了剛才的疑問，眼中閃爍著好奇的光芒。

「究竟是誰發現祕密任務的呢？遺物明明是最堅硬的物質，居然能打破遺物，那個人到底是什麼樣的怪物啊!?」

「是啊……究竟……是誰呢……」

是亞莉納。

亞莉納微微流著冷汗，看著遠方回應。

一個月前，想要隱藏身分的亞莉納偶然破壞了遺物，發現了隱藏在其中的祕密任務。不只如此，還與傳聞中相同，出現了隱藏迷宮「白堊之塔」。

表面上，白堊之塔是由《白銀之劍》挑戰，在經過一番差點全滅的苦戰後，達成完全攻略。但其實亞莉納也參與了攻略行動。

不論如何，祕密任務真的存在，而且也確實如傳言般出現了隱藏迷宮——這個事實，已經被所有人知道了。

為了發現新的祕密任務，一部分的冒險者開始收集散落於各迷宮的遺物，想找出傳聞中沉眠於隱藏迷宮的「特別遺物」。這就是最近的接案數量緩慢增加的原因。

「是說，因為隱藏迷宮非常危險，所以不要隨便尋找祕密任務，公會不是一直再三警告大家嗎……那些人都想找死是吧？就連公會最精英的《白銀之劍》也差點全滅哦？」

「話雖這麼說，大家還是會想攻略吧。因為發現祕密任務的話，就能得到隱藏迷宮中的特別遺物哦！簡單來說就是寶藏呢！」

「……」

遺物。過去極盡繁榮於赫爾迦西亞大陸、但在一夜之間消失的先人們留下的，以高度技術製造的遺產。

先人滅絕的現在，人們已經無法製造出與遺物同等級的物品。因此，內藏失落技術的遺物，可以賣到很高的價錢，對冒險者來說是無可取代的寶藏。

「即使在遺物中，也是最特別的遺物……！一定是比金銀財寶更珍貴的東西吧！」

「是啊——真令人在意呢——」

「前輩妳的語氣中沒有半點誠意哦。」

「我又沒興趣。」

話雖如此，亞莉納心知肚明。「特別遺物」的真相。

金銀財寶……不是那種夢幻的東西。

具有人類外形，具有感情與思考能力，能行動、說話與使用武器，身體異常強韌，以複數的神域技能邊笑邊殺人——而且還妨礙亞莉納加班——超級找人麻煩的「魔神」。那種活生生的遺物，才是特別遺物的真面目。

沉眠於隱藏迷宮中的魔神，在吃了人類的靈魂後復活，是把公會最強的盾兵傑特當成玩具，玩弄到瀕死的強敵。最可怕的是，那樣的強敵不只一個，還有其他魔神沉眠於這片土地。沒有比這更麻煩的事實。

一個月前，亞莉納以神域技能勉強打倒了魔神。老實說，那是比加班更過分的存在。假如一無所知的冒險者在無意間發現隱藏迷宮，喚醒魔神的話，可是完全笑不出來的事。

由於公會擔心特別遺物的真相會帶來混亂，所以沒有把任何情報公開。亞莉納也被冒險者公會的會長葛倫・加利亞叮囑，要求她千萬別把魔神的事說出去。

「那、那種東西不重要啦！今天也要打起精神完成工作哦！」

亞莉納用力握緊抹布，強行轉移話題。

「為了參加百年祭的戰鬥，現在才要開始……！」

「說到這個，前輩，昨天忘了問一件事——」

萊菈停止手上的工作，看著訝異的亞莉納，突然賊笑起來。

「既然妳為了百年祭拚命成這樣——表示妳有男朋友，對吧!?」

「男朋友？」

出乎意料的單字使亞莉納連連眨眼。萊菈笑眯了眼睛，以手肘頂著亞莉納，說道：

「好了啦前輩～別再裝了～說到百年祭，不就是超超超級基本的情侶約會的日子嗎！」

「那啥？」

「咦？」

「我從來沒聽說過。」

「人家不是說，在百年祭中約會的情侶，可以在一起一百年嗎？甚至有情侶特地從其他城市來伊富爾做百年約會呢——」

「哦——」

亞莉納不可能知道這種事。因為自從來到伊富爾後，她每年的百年祭都是在加班中度過。

亞莉納對不感興趣的話題充耳不聞，正想繼續擦地板時，被萊菈抓住肩膀，扳回身體。

「等、等等等等一下，不是為了約會的話，前輩妳準備和誰一起去百年祭啊？」

「？一個人去啊。」

「一個人——!?!?」

「怎樣？」

「可、可是，百年祭時到處都是情侶哦……!?放眼望去，全是情侶在秀恩愛哦!?妳打算一個人進入那種空間嗎？妳想找死嗎!?」

「百年祭又不是為情侶舉辦的活動，一個人去有什麼不行的？」

「好……好強……！」

萊菈震撼似地瞪大眼睛，當場跪倒在地上。

「這……這就是加班大師的末路嗎……!?」

「喂。」

「嗚嗚……雖然我很想陪前輩，可是很不巧，百年祭時我也要和喜歡的人約會……」

「喔。」

「想知道是誰嗎!?很想知道對吧!?身為前輩！很想知道後輩和誰約會對吧！」

「不，我一點也——」

「呵呵呵，聽了可別驚訝哦，亞莉納前輩。」

萊菈打斷亞莉納的話，得意洋洋地挺胸宣布：

「是處刑人大人！」

咕咚！亞莉納踩到抹布，重重地跌了一跤。

「嗚呃！撞、撞到奇怪的部位了。」

「討厭啦，有必要那麼驚訝嗎？」

「不，我當然會驚訝啊！」

處刑人——冒險者之間口耳相傳的，謎樣冒險者的外號。

之所以有那種稱號，是因為他會突然出現在攻略不下的高難度迷宮中，不與任何人組隊，單獨（Solo）挑戰守層（Floor）頭目，並且單方面地進行虐殺的緣故。

據說他總是身穿斗篷，把帽兜拉得很低，看不出長相。能以未知的技能憑空召喚巨大的戰鎚，擊殺使冒險者們陷入苦戰的守層頭目。是冒險者之間的都市傳說。

不，應該說原本是都市傳說中的人物。

一個月前，白銀的傑特證實處刑人真的存在，而處刑人也確實出現在伊富爾，以怪力擊退了在城內作亂的魔物。不只如此，他還討伐了隱藏迷宮的頭目，拯救了差點全滅的白銀。

——就別繼續賣關子了。處刑人的真實身分，就是亞莉納。

因為陷入加班地獄而抓狂時，亞莉納會使出兩年前突然發芽的神域技能，消滅造成她加班

的元凶迷宮頭目……因此在不知不覺中，出現了那樣的傳聞。

（和處刑人約會……？她該不會被冒牌貨騙了吧……!?）

萊菈的確有點不知世事，而且對真面目不明的處刑人，懷著非比尋常的愛慕之意。我就是處刑人。假如有人這麼騙她，她說不定真的會上鉤。

亞莉納在心中冒著冷汗，但是想不到勸萊菈的方法。就在這時，萊菈突然得意地笑了。

「呵呵呵……我知道前輩想說什麼。妳怎麼可能和處刑人大人約會呢？對吧？不過，那是有可能的。像這樣！」

萊菈說著，充滿自信地拿出一隻巴掌大的布偶。

那是一隻二頭身的布偶，全身覆蓋著斗篷。雖然頭上戴著帽兜，看不見臉，但是背上的銀色戰鎚做得精緻非凡。

遠比想像中的事態更和平的物體，使亞莉納連連眨眼。

「……那是……處刑人的娃娃……？」

「怎麼樣!?這是我熬夜做的！我要和這隻處刑人娃娃一起逛百年祭，做模擬約會！」

「……會施展什麼特殊魔法，讓這娃娃變成真人嗎？」

「？怎麼可能有那種事，娃娃就是娃娃哦。不過妳看妳看，這娃娃的細節做得很棒對吧！而且帽兜還可以拿下來哦!?然後帽兜底下，還重現了我想像中的處刑人大人的尊容——」

「啊——嗯嗯好好，我知道妳想說什麼了，把那個收起來吧。」

亞莉納阻止激動到想拿下帽兜現寶的萊菈朝自己靠近，嘆了口氣。儘管她極力避免談到處刑人，可是對處刑人一心一意的萊菈一逮到機會，就會開始宣揚自己對「他」的愛，而且一開口就停不下來。亞莉納最近已經懶得聽那些，會趁著萊菈激動起來之前，先發制人地打斷話題。

「……」

亞莉納看著不完全燃燒的萊菈沒精打采地收起布偶，用力握拳。

「不管理由是什麼，為了在百年祭那幾天準時下班，享受祭典，我們要做的事只有一個哦！」

「沒錯！」萊菈轉換心情，舉起拳頭：「我也是，為了和處刑人大人開心約會，我要做好萬全準備，挑戰百年祭特別獎金期——」

萊菈朝氣地說到一半，突然住了口。

「？」

亞莉納不解地看向萊菈，只見她怔怔地張大嘴，但是發不出聲音。萊菈雙唇顫抖不已，臉上失去血色。她的視線盯住一處，渾身發直。

「怎麼了？」

「前……前、輩……那是……」

萊菈茫然地指向某處。

亞莉納順著她手指的方向看去——也同樣說不出話。

「什……啥……？」

伊富爾服務處的正門，是利用遺物中的智慧製造的劃時代玻璃門。不過現在的問題在門外。

透明玻璃的另一頭，已經擠滿了密密麻麻的冒險者。他們每個人都有如饑餓的野獸般眼神發亮，迫不及待地等著營業時間到來。

「等……什、什麼情況!?」

亞莉納狼狽地牙齒格格顫抖，覺得頭暈目眩。儘管她經歷過數不清的窗口業務高峰期，但還是第一次見到這種異常的光景。接著，她看向牆上的時鐘。

距離伊富爾服務處開始營業，還有幾分鐘。再過幾分鐘，她們就非得打開門，讓外頭的「那群」進來不可了。

亞莉納吞了吞口水，心情宛如被敵軍包圍的殘兵敗將。

「前、前輩……怎麼辦……怎麼辦……那些人……」

「就、就算妳問怎麼辦……也只能開門——」

不知何時來到服務處的前輩櫃檯小姐們，也因那光景而動搖了。

「啊！待處理籃……！」

第一個回過神的是亞莉納。她拿出許多忙碌期使用的「待處理籃」。那是讓冒險者把委託書上必要項目填完後，暫時擱置，等有空時再繼續處理的籃子。接著，她又拿出比平常更多的空白委託書放在櫃檯上，讓自己切換到「忙碌期模式」。

時間到。萊菈戰戰兢兢地打開大門。

「歡、歡迎光哇啊——!!」

萊菈還來不及把例行問候說完，就被淹沒在冒險者的人潮之中。亞莉納以眼角餘光看著那可憐的身影，可是她當然沒空過去救她。

「開門了！」

「閃開！是我先來的！」

「不要推啦！給我滾到旁邊去！」

彷彿可以聽到千軍萬馬製造出的地鳴，被解放的冒險者們發出咆哮，爭先恐後地湧向櫃檯。

——地獄開始了。

5

「……這是……怎麼回事……？」

亞莉納沙啞的聲音，幽幽地迴蕩在寂靜的伊富爾服務處。

回過神時，營業時間已經結束了。

窗外的太陽落在接近地平線的高度。沐浴在紅色晚霞中的服務處，只能說滿目瘡痍。

理應疊放在櫃檯的委託書四散在各處、觀葉植物的葉子被扯爛、原本固定的長椅大幅偏離原本的位置，小張的椅子則整個翻倒。

「這究竟……是怎麼回事……」

萊菈一邊的馬尾散開，同樣神情茫然地說著。確認大門上鎖後，亞莉納失魂落魄地趴在櫃檯上。

白天發生的事，亞莉納幾乎沒有記憶，就連有沒有吃到午餐，也顯得曖昧模糊。冒險者沒完沒了地出現，亞莉納只能機械性地以反射動作不停處理業務，根本沒空思考發生了什麼事，當然也沒能處理完任何一張委託書。其他前輩櫃檯小姐也同樣筋疲力竭又困惑地坐在桌前，呆呆地看著比平常高出一倍的委託書。

「公會比往年提前開始特別獎金期間了嗎……？不，提前的話應該會事先跟我們說才對。

最重要的是報酬和平常一樣，所以原因不在那裡……最近沒有發現新迷宮……也沒有哪個迷宮即將被攻略完畢……而且說起來，那些人接的任務，根本沒有集中在特定的迷宮……」

亞莉納將身體縮在櫃檯下方，喃喃地梳理狀況。

一般而言，冒險者前仆後繼地湧到服務處接任務時，不是發現了新迷宮，就是哪個迷宮即將被攻略完畢。就算亞莉納一開始不知道發生了什麼事，在處理委託的過程中，也會發現大部分人都想接相同的任務，而輕易推測出冒險者們蜂湧而至的原因——可是這次，亞莉納完全猜不到原因。

「太突然了，我也完全不知道為什麼……」

就連喜歡八卦，總是能聽到各種最新情報的萊菈，這次也沒聽說到原因，顯得非常困惑。

「而且來的人太多了，忙到連順便問冒險者們發生什麼事的時間都沒有……是說，那些冒險者的表情都很可怕耶……每個人的眼神都亮到不行……」

「那種表情啊，是被什麼誘人的條件釣上時的表情哦。因為冒險者全是單細胞生物。」

「別用那種充滿惡意的方式說話啦前輩。」

亞莉納與萊菈勉強地撐起身體，把翻倒的長椅與觀葉植物整頓完畢後，坐在桌前。雖然不想直視……但桌上的風景，比大廳更殺氣騰騰。

塞滿未處理文件的籃子堆積如山，擱置在各處，其中有幾籃的文件還如雪崩般滑落一地。

在營業時間內根本無暇收拾。

「噫……這是什麼數量……和怪物一樣……」

萊菈絕望地自語著。光是對應蜂湧而來的冒險者就已經筋疲力盡了，營業時間結束後，還必須面對這巨量的文件不可。

亞莉納再次看向那悲慘的現實，沉默地站了一會兒後，抿緊乾躁的雙唇，小聲地對萊菈道：

「……萊菈，我離開一下。」

「咦咦!?」

萊菈因亞莉納突然的發言，驚訝地瞪大眼睛。

「妳要留下這些回家嗎!?百年祭……我們的百年祭要怎麼辦!?」

「我會回來的。在百年祭開始時，絕對不能讓工作拖過夜……絕對不行……!可是現在這情況太異常了，不是單純的意想不到而已……!不想辦法解決的話，今年的……」

百年祭，也會被加班毀掉。

後半句話太辛酸，亞莉納說不出口。但冷酷無情的可能性逐漸化為現實的模樣，排山倒海而來。

「……我絕對……不會讓那種事發生……!」

必須查出原因才行。而且一定要迅速且確實地消滅那原因不可。

亞莉納咬牙，奔出服務處。

6

同一時刻，傑特・史庫雷德正站在公會總部的訓練場上。

雖然這裡確實是公會總部中的訓練場，但周圍的景色與訓練場截然不同。

由四根柱子撐起的室內空間。雖然看不見牆壁，但感覺很封閉，且相當昏暗。空氣因長期閉塞而潮溼悶熱，並且充滿迷宮內特有的濃烈乙太氣息。是與棲息著強大魔物的迷宮深處──通稱「頭目的房間」的場所極為相似的光景。

模糊地浮現於微弱照明中的，是有三顆頭的四腳魔物賽伯洛斯。

（不管怎麼看，都和真的一樣呢……）

傑特仰望低吼中的賽伯洛斯，謹慎地舉起巨大的遺物盾牌。

眼前的賽伯洛斯雖然正齜牙咧嘴地擺出臨戰態勢，卻沒有攻擊的意思。如果是真正的賽伯洛斯早就撲上來了，可是這魔物只是站在原地，沒有移動半分。

這也是當然的。因為這頭目的房間與賽伯洛斯，全部都是「幻象」──由公會的研究部門基於遺物中的技術開發的投影機械・幻象建構裝置（Hologram）投影出來的假象。

「隨時都可以開始哦！」

傑特喊道。話才剛說完，賽伯洛斯彷彿被注入生氣似地，撲到他頭頂上方。

幻象建構裝置。與其說是公會開發的機械，不如說是研究部門努力復原能將影像做立體投影的遺物的成果。是能把與遺物成對的水晶中的資訊，如臨現場般投影出來的裝置。記錄在水晶中的，不只視覺資訊而已，甚至能以五感感受投影的內容。魔物的行動模式、叫聲的種類、肉體的硬度與攻擊力的強弱，全都可以讀取。究竟是以什麼樣的技術做到這些的？雖然是極為重要的部分，可是目前完全無法解明。

如此一想，先人掌握的技術真的非常驚人。

（也難怪能創造出那種魔神。）

站在傑特身後的，是身為補師的白魔導士露露莉，以及身為後衛（Back Attacker）的黑魔導士勞。除此之外，還有新加入的前衛（Top Attacker）戰士，使用雙手巨劍的少年西維爾。

雖然他才十五歲，資歷尚淺，可是超群的戰鬥天賦彌補了經驗的不足。是接連討伐了強大魔物，轉眼之間以巨劍使用者聞名的新銳冒險者。

「魔惑光！」

傑特詠唱著，抽出佩劍，劍身發出幻影魔法的光芒。傑特一把劍尖插在地上，賽伯洛斯三雙眼睛立刻全盯向他。

「吸引住敵視（仇恨）了！」

傑特說完，戰鬥開始。

「發動技能，〈鐵壁守護者〉！」

傑特的盾牌上泛起能使對象物變得更堅硬、提升防禦力的深紅色技能光芒。緊接著，賽伯洛斯以從那龐大的身體難以想像的速度逼近到傑特面前，以帶著利爪的前腳攻擊傑特。

傑特以盾牌輕鬆擋下攻擊，謹慎地觀察敵人。

賽伯洛斯，又稱為地獄看門犬的魔物。在A級迷宮中，是足以排除其他魔物，成為守層頭目的強敵。

靠太近的話，會被牠以粗壯的四條腿與利爪攻擊，三顆頭又能分別噴出不同屬性的魔攻氣息（Breath）。同時擁有遠近兩種攻擊手段，再加上行動敏捷，所以幾乎找不到攻擊弱點的機會。覆蓋全身的硬毛能夠抵禦鈍器的攻擊，唯一有效的物理攻擊是以利刃做斬擊。對使用巨劍的西維爾來說，是很有利的對手。

「龍蛇炎（Ignis）！」

勞揮動魔杖（Rod），發動攻擊魔法。這是將火焰魔法加以變化、濃縮而成的火球。帶著強光的火球在賽伯洛斯的眼前爆炸，最右邊的頭如計算中搖晃起來。

「喝！」

西維爾迅速地繞到賽伯洛斯右邊，水平揮動巨劍。那是以腰部為軸心旋轉全身，利用離心力，使空氣發出咆哮的強力攻擊。巨劍準確地砍在最容易傳導力量的部位，一劍斬斷賽伯洛斯粗壯的脖子。

「好耶——！怎麼樣!?你們剛剛有看到嗎!?一劍！我一劍就砍下了賽伯洛斯的頭哦！」

向後退開的西維爾開心地大叫。那青澀純真的模樣使傑特忍不住苦笑。

不過西維爾的攻擊力確實很高。使用雙臂與全身肌肉揮動的巨劍，其一擊必殺的高攻擊力是魅力所在。但是面對賽伯洛斯那種敏捷的魔物時，抓住巨劍的最強攻擊時機進行攻擊，是極為困難的事。乍看之下是全憑蠻力揮動的簡單武器，其實是考驗使用者技術的高難度武器。

因此，光是砍下一顆賽伯洛斯的頭，就得花上不少時間，能一劍斬首，證明了西維爾是使用巨劍的好手。

「很好哦，西維爾，再接再厲吧！」

——話是這麼說，但接下來才是開始。

咕嘎啊啊啊啊！

失去一顆頭的賽伯洛斯，發出比剛才更響亮的咆哮。

「嗚！」

儘管西維爾以剛才的要訣進行攻擊，卻被賽伯洛斯輕易躲開。不只如此，西維爾還被牠的爪子劃傷手臂。因受傷而陷入狂暴狀態的賽伯洛斯，不論攻擊力或速度都比之前快了一倍。

幻象建構裝置判斷西維爾受傷，在他的肩甲上製造裂痕，並且使肩膀流血。血水滴滴答答地落在地上。當然，這只是幻影，西維爾的身體其實毫髮無傷。

「露露莉！」

傑特叫著補師露露莉的名字。雖然這只是訓練用的模擬戰，也不能敷衍了事。

「……治癒光！」

（……？）

治療的光線在傑特出聲的一剎那後，準確地落在西維爾的肩膀上。

一瞬間，傑特感受到了不尋常。

露露莉的反應太慢了。平常的話，用不著等傑特下指示，她早就發出治癒光，幫隊友進行回復了。

（因為是訓練，所以不夠專心嗎……？不對，露露莉不是那種人……）

話是這麼說，不過現在不是在意那種小細節的時候。

「西維爾！敵人陷入狂暴狀態的話，恐懼效果也會降低，所以要小心進攻！」

「……瞭解！」

可是，自從砍下一顆頭後，西維爾就再也沒砍中魔物了。因為狂暴起來的賽伯洛斯一直以高速四處奔竄。

「可惡——！砍不中——！」

西維爾開始焦急，動作也愈來愈凌亂，受傷的部位因此增加。這不是好現象，雖然目前受的都是輕傷，可是放著不管的話，遲早會受重傷的。

這是利用幻象建構裝置進行模擬訓練時的唯一缺點。雖然會顯示傷勢，但終究只是視覺上的演出，身體不會真的感到疼痛，所以很容易忽略當下的傷勢，無法產生與實戰時相同的緊張感。

接下來該怎麼辦呢？讓勞以魔法攻擊改變戰鬥走勢嗎？傑特正在思考時——

有人從天而降。

「!?」

不，不是降落那種和平的行為。宛如從高空對準獵物俯衝的的猛禽似地，以突擊之勢闖入幻象建構裝置的正中央。

砰！地板發出鈍重的聲音，出現裂痕。落地的人物是——

「……咦？處刑人!?」

見到突如其然地出現，身體與頭部全被斗篷遮蓋的人影，西維爾訝異地瞪大眼睛。

處刑人——不對，做處刑人打扮的亞莉納，無視白銀正在與賽伯洛斯戰鬥，大步走向傑特。

「我有事問你。」

她以極為低沉的聲音說道。

「等一下，處刑人，我們正在——」

咕嘎啊啊啊啊！

狂暴狀態的賽伯洛斯對突襲戰場的存在咆哮，打斷了傑特緊張的回答。

「啊？」

直到這時，處刑人才總算發現賽伯洛斯的存在，並以厭煩的表情轉頭看牠。儘管面對的是相當於A級迷宮守層頭目的強大魔物，但別說驚訝或緊張，處刑人甚至嫌棄地嘖了一聲。

「你很煩。」

（——這、這個模樣……）

這氣勢洶洶的模樣，使傑特警覺到一件事。

（她現在非常火大!!）

傑特連忙抬頭，朝著雖然看不見身影，但正在操縱幻象建構裝置的研究部門人員叫道：

「中、中止訓練！現在立刻把賽伯洛斯——」

可是已經遲了。對賽伯洛斯來說，已經來不及了。

「發動技能〈巨神的破鎚〉。」

處刑人安靜地詠唱著，舉起右手。

她腳邊出現白色的魔法陣，光點聚集在向前伸出的手掌中，一把巨大的銀色戰鎚憑空出現。雖然那戰鎚上裝飾著精巧的銀色花紋，但其中一邊的鎚頭是尖銳的鳥喙狀，不管怎麼看，都是殺傷力極大的武器。

處刑人握住戰鎚的握柄，看著賽伯洛斯，壓低身體。

「別煩我你這隻臭狗啊啊啊啊——————！」

咚！處刑人發出八成是遷怒的怒吼，將戰鎚狠狠敲打在賽伯洛斯中間的頭上。

嘎嗚！賽伯洛斯發出哀號——其實沒有。

相對地，「滋、滋滋！」的奇妙聲音迴蕩在由幻象建構裝置創造的空間裡。詭譎的頭目房間出現扭曲，無聲地被打飛的賽伯洛斯在半空中突然卡住，無法落地。

「測、測量不出傷害值!?不行，幻象建構裝置壞——啊！」

可以聽到研究部門的人，在幻象的另一頭慌張大叫的聲音。

（哎呀……）

最後，隨著刺耳的聲音，賽伯洛斯與周圍的景色倏地消失。原本昏暗的封閉空間不見蹤影，放眼望去，是夕陽之下普通又無機質的訓練場。

「…………咦？只有一擊？」

西維爾放下巨劍，怔怔地看著處刑人。一擊殺死賽伯洛斯也就算了，連幻象建構裝置也一起打壞的處刑人，正略帶困惑地轉頭張望突然改變的景色。

「而且，是以鈍器……？」

賽伯洛斯的硬毛能夠抵禦鈍器的攻擊，所以對上賽伯洛斯時，戰鎚是很不利的武器——本應如此，但是在壓倒性的攻擊力之前，武器有利或不利根本不重要。

西維爾呆若木雞，張口結舌地看著眼前的光景，傑特連忙把手放在他肩上：

「西維爾，最開始的那一擊很好哦。繼續下去的話一定能打倒賽伯洛斯。不好意思，今天的訓練就先到這——」

「只…………只有一擊……不是斬擊……而是以戰鎚……一擊……？」

但西維爾似乎無法接受剛才見到的現實，抱著頭，蹌踉起來。

「只不過砍下一顆頭……就開心到飛起來的我，到底算什麼……——」

「啊，不是，那是規格外的存在，你不用在意……」

「可、可惡————!!!!我一定要變得更強————!!」

西維爾長嘯一聲，哭著跑走了。

「……嗯，這也是正常的反應吧……」

傑特看著少年遠去的背影，無奈地刮著臉頰。

與處刑人同為前衛，只能說令人同情。假如有強大無比的盾兵出現在面前，一擊打敗自己苦戰許久的敵人，傑特可能也無法處理自己的感情吧。

順帶一提，幾天後西維爾以修行為由，辭去了白銀的前衛工作。結果白銀再次面臨找不到前衛的情況。

7

「真、真是稀奇啊，亞莉納小姐居然會主動來公會總部。怎麼了？肚子痛嗎？」

傑特戰戰兢兢地發問。

這裡是房間中央有厚重辦公桌的公會會長辦公室。在那之後，傑特迅速地把突然出現在訓練場的處刑人——不對，亞莉納帶到這裡後，總算稍微鬆了口氣。

拿下帽兜的亞莉納果然盛怒當前，眼神看起來十分凶狠。

「還好意思問……給我好好解釋，你這個可惡冒險者的代表……」

「可惡冒險者的代表!?」

「為什麼！冒險者！突然！全部跑來服務處！給我說清楚！」

亞莉納怒不可遏地發問，傑特驚訝地回問：

「咦？他們已經跑過去了嗎……？」

「已經？你果然知道什麼吧？」

亞莉納一把揪住傑特，投放蠻不講理的殺氣：

「那些發瘋的廢物們一早就像蝗蟲一樣闖進服務處，知道我有多忙嗎……！」

「小姑娘，妳冷靜一下。我來解釋。」

安靜地開口的，是一臉嚴肅地坐在辦公桌前的公會會長葛倫・加利亞。

他原本是《白銀之劍》的前衛戰士，儘管已經退休了，身材仍然健壯結實，帶著經歷過許多大風大浪的風範。曬得黝黑的臉上有許多符合年紀的皺紋，如今，那些皺紋變得更深了。

葛倫沉重地嘆了口氣，開始說明：

「其實──」

＊＊＊＊

「謠、謠言!?!?」

亞莉納狼狽的叫聲，迴蕩在公會會長辦公室裡。

「沒錯。『祕密任務中有能獲得神域技能的遺物』——這樣的情報，突然在冒險者之間傳開。我想，去小姑娘妳那兒登記接案的，應該都是為了得到神域技能，想找到祕密任務的冒險者吧。」

「為、為什麼會突然出現那種謠言啊……!?」

「最近，自從發現祕密任務後，隱藏迷宮和特別遺物的話題很盛行。應該是有人半開玩笑地加油添醋，就變成那樣了吧……或者有人想製造混亂，以此取樂也說不定。」

葛倫沉重地說著，傑特也苦著臉道：

「我也是今天才聽到那個謠言……沒想到消息傳得這麼快。」

「就、就算是這樣！還是很奇怪吧？不管怎麼想，『可以獲得神域技能的遺物』的說法都很可疑啊，誰會相信那種——」

亞莉納的聲音愈來愈小，最後消失。事實勝於雄辯，打從今天早上起，確實有數不清的冒險者們因為那可疑的消息，湧進了服務處。

「……雖然亞莉納小姐可能很難理解——」

傑特難以啟齒地開口：

「對冒險者來說，假如能真的得到神域技能，等於保證自己將來能名利雙收，可以說是非常大的誘惑。」

「可……可是！技能不是先天的嗎!?」

無法接受因為區區謠言就落入加班地獄的亞莉納，不服氣地反駁。同時出現十個以上的新迷宮，或是花了數十年，總算即將攻略完畢的超巨大迷宮，因為這些理由加班，她還比較能夠接受。

可是，謠言。被明顯是刻意捏造的謠言害得要瘋狂加班，她無法接受。

「……是啊。到目前為止，從來沒發生過後天以人為方式得到技能的情況。可是──就算會這麼懷疑，神域技能還是太吸引人了。特別是那些對自己發芽的技能不滿意，或是技能沒有發芽的冒險者來說，不管三七二十一，都會想賭賭看。覺得有利可圖的傢伙更是惡質。不擇手段也想得到神域技能的冒險者，比妳想像中的多太多了。」

原來如此，所以才會狂熱成那樣。聽了傑特的說明，亞莉納總算理解白天的異常狀態是怎麼來的了。

他們並非只是大量湧入，那種爭先恐後、你爭我奪，連隊也不排的模樣，就算說是拋棄了最低限度理性的暴徒也不為過。

「……」

亞莉納不再說話，只是低聲呻吟。

與能藉著知識與練習學會的魔法不同，技能是因人而異的。而且沒有發芽的話，就無法使用。也因此，在戰鬥時發揮的效果遠遠凌駕於魔法。不，依發芽的技能，就算因此成為人生贏家，也不是不可能的事。

技能會不會發芽，全看運氣。就算發芽了，也不一定是自己希望的能力。雖然完全不是能以努力獲得的能力，可是對冒險者來說，仍然是工作必備的能力——長期處在那種不安定又沒有道理可言的環境中，冒險者們累積的不滿與壓力，在面對「能獲得神域技能的遺物」這甜美的誘惑時，一口氣爆發了。

「……等一下，如果真的是那樣，那這個情況要怎麼解決……？」

亞莉納忽然驚覺可怕的事實。

「如果是平常那種突發的忙碌期，只要打死頭目，就可以強行解決了，可是——」

「這——」

傑特不知該如何開口似地停頓了半晌，別過視線，小聲地接著道：

「——也只能等到謠言自然平息，吧……」

沉重的沉默降臨在辦公室內。

「……騙……騙人……」

亞莉納發出連自己都覺得窩囊的哀號。

她腦中一片空白，雙腿一軟，跪倒在高級絨毛地毯上。假如現在有風吹過，她應該會如沙丘般隨風消散吧。

「可是……再、再過一個禮拜……就是百年祭了……每天都要過這種生活……又有特別獎金期間的話……根本……不可能參加祭典——」

亞莉納顫聲說著，最後咬住嘴唇。

到目前為止，只要消滅造成加班地獄的元凶，就能強制解除加班。即使不是冒險者，還是可以打倒魔物。就算櫃檯小姐因厭倦了加班而憤怒地宰掉守層頭目，就結果來說，只要能恢復正常生活就行。

可是這次不同。沒有該殺的頭目，也沒有即將被攻略完畢的迷宮。無法像平常那樣以蠻力消滅加班。直到不知何時才能平息的謠言平息為止，都得處於這種慘烈的忙碌狀態。

也就是說，今年的百年祭肯定也會被加班毀了——這個結論，使亞莉納忍不住淚眼盈眶。

「沒、沒事的，亞莉納小姐！」

亞莉納那非比尋常的消沉模樣，使傑特緊張起來。

「謠言終究只是謠言。公會明天會告訴大家，關於神域技能的傳聞全是假消息，只要平息那些以訛傳訛的傢伙，騷動就不會繼續擴散——」

「冒險者的腦子有那麼理性，會因為公會的一個呼籲，就不再搶著接任務嗎……？」

「唔！」

「沒有對吧……？所以最近才會有那麼多冒險者無視公會的勸告，為了尋找祕密任務特地接案，我的工作量也因此增加……？」

「那、那是……」

即便動用冒險者公會的力量，也無法控制所有冒險者的行為。因為冒險者與櫃檯小姐不同，並非受雇於公會。他們一向基於自己的決定行動，也必須對自己的行動負責，就算無視公會說的話，也不會有直接的損失。所以即使公會澄清那是謠言，也不知道會有多少冒險者乖乖聽話，不來接任務。

「不過，也不是所有冒險者都那個樣子啦。我想事情會慢慢平息的……」

「……反正，我已經知道前因後果了。」

亞莉納小聲說完，站了起來。

「得回去……處理今天的工作才行……在這種地方抱怨也不能減少工作量……百年祭不會等我……」

她碎唸著，動作如機器人般僵硬。

「我會做到的……不管有多絕望，我都不會被打敗……！我絕對、絕對、絕對要參加今年的百年祭……！」

8

「亞莉納小姐看起來很累呢……」

傑特目送為了回去加班而飛奔而出的亞莉納消失後，露露莉・艾修弗特走進辦公室，擔心地說道。

她有一頭瀏海齊平的妹妹頭，長相如孩童般稚嫩，身體比手中魔杖還要嬌小。這名外表可愛的少女，其實是所屬於《白銀之劍》的優秀補師。

在這之前，她與勞一起在辦公室外頭驅趕閒雜人等。處刑人打扮的謎樣人物，堂而皇之地出現在公會會長辦公室的光景，絕對不能被其他人看到。

「果然有很多冒險者聽信了謠言呢……」

一面說一面聳肩的，是與露露莉一起走進辦公室的勞・洛茲布蘭達。他身穿黑魔導士的長袍，手中拿著黑色的魔杖，套著黑色的長靴。脖子以下全都是黑色裝備，使那頭火焰般的深紅色頭髮變得更加醒目。

「亞莉納妹妹也真可憐……」

「唔……雖然我想去幫她加班，可是服務處好像有其他櫃檯小姐，所以今天不能過去。」

「咦？隊長你怎麼知道？」

勞訝異地眨眼發問，傑特得意地豎起食指：

「當然是用氣味分辨了。」

「「……氣味……？」」

露露莉與勞臉上出現不敢恭維的表情，異口同聲地回問。不知是不是錯覺，他們看著傑特的眼神中似乎帶著一絲鄙視。

「因為亞莉納小姐身上，有其他櫃檯小姐的香水味嘛。她從來不擦香水那種時髦東西的……咦？你們為什麼用那種眼神看我？」

「雖然我知道隊長的眼睛和鼻子靈敏到異常，可是使用方法好像不太對……你是狗嗎……」

「我想傑特早晚會被告吧。」

「我做錯了什麼嗎!?」

「那是感受的問題。」

「……」

只不過是分析氣味而已，為什麼要被說成這樣啊——傑特不滿地歪著頭，此時看見露露莉的臉，又突然想起剛才的模擬訓練中感受到的異常。

「對了露露莉，剛才的戰鬥，妳使用治癒光的速度好像比平常慢，怎麼了嗎？」

「……咦？」

雖然傑特發問時沒有想太多，可是露露莉的反應有些出乎他的意料。

只見她生硬地瞪大眼睛。

「因、因為我是第一次和使用巨劍的人組隊，所以還不習慣。」

「……這樣啊。」

露露莉的臉色有點蒼白，說話速度也因為動搖而比平常快。看樣子，應該有其他真正的原因——雖然傑特如此心想，可是既然露露莉會找理由搪塞，就是不想說實話吧。所以傑特不再繼續追問。

「露——露莉，既然訓練結束得比預定早，我們去吃飯吧！猜拳輸的要請客！」

勞吊兒郎當地勾著露露莉的肩膀，被露露莉以魔杖毆打。

9

翌日。

「離百年祭還有六天……！已經不到一星期了……！」

亞莉納看著伊富爾服務處辦公室牆上的掛曆，在今天也一樣爆量的文件山中，飛快地處理文件。

下班時間早就過了，窗外是黑沉沉的夜色。雖然她已經加班了好幾個小時，可是還沒處理的文件，仍然多到使她無法產生「先休息一下，喘口氣吧」的念頭。

「嗚——我差不多該回去了……」

萊菈重重嘆氣，筋疲力盡地趴在桌上。

「沒想到居然是因為謠言……而且是在這種時候，太過分了……哭哭。」

「不過來的人比昨天少了。公會的提醒，可能稍微讓那些不長腦的混帳冷靜一點了吧。」

「別用那種充滿殺意的語氣說話啦，前輩。」

亞莉納無視萊菈的洩氣話，看向如護身符般放在桌邊的小冊子。那是百年祭的導覽手冊，其中寫滿為了攻略百年祭，亞莉納從好幾個月前就開始打聽的各種情報。

這本導覽手冊，說是亞莉納目前的力量泉源也不為過。

「前輩，妳還不打算回家嗎？」

「當然。又還沒做完。」

「……」

亞莉納秒答。萊菈欲言又止了幾秒後，有點遲疑地對亞莉納道：

「前輩，妳要不要放慢處理窗口業務的速度呢？」

「咦？」

出乎意料的提議，使亞莉納抬頭，與有點心虛的萊菈四目相對。

「因為妳處理窗口業務的速度比其他人快一倍……所以下班後要處理的文件也比其他人多一倍。」

「……是這樣沒錯……」

尖峰期時，為了消化人龍，亞莉納總是以最快的速度處理承接手續，絕不浪費任何時間。相對的，其他前輩櫃檯小姐則會故意放慢處理速度，讓冒險者等到不耐煩，改排其他窗口或改天再來，以減少自己窗口的業務量。

萊菈單純是因為還不夠熟悉窗口業務，所以比較慢，就結果而言，必須事後處理的文件也沒有亞莉納那麼多。

不過，以剛進職場第一年的新人來說，能看穿「灰色地帶的技術性打混方法」這種職場老鳥才懂的高等手段，可見她很聰明。

「只要稍微忍耐，在冒險者自吹自擂時，跟著吹捧一下對方，就能減少很多委託數量了。其他前輩都是這麼做的喔？所以她們都不需要加班那麼久！所有的事全讓亞莉納前輩善後，這樣太不公平了！而且妳本來就要計算伊富爾服務處的每日委託案件總數……所以，至少在百年祭開始前的這段時間稍微……」

「我說啊，就算所有人都慢吞吞地處理窗口業務，來接任務的冒險者也不會因此變少哦。到頭來，還是要有人處理那些委託書才行。」

「是沒錯……但不一定非要前輩妳做吧……！就算妳不做，一定也會有人做的啦！」

「我也很同意這句話……」

亞莉納悶悶地點頭，但是又瞥開視線，小聲補充：

「但我就是不想要那種小手段。」

「前輩，在職場上妳這種人最耐操好用哦……！」

10

深夜。傑特坐在某個寂寥的房間的沙發上。

除了他之外，還有勞、露露莉兩名《白銀之劍》的成員，以及公會會長葛倫、會長祕書菲莉幾個人。他們全圍繞著矮桌，坐在沙發上。

最近盛傳的「謠言」，說不定會導致魔神復活，所以他們祕密地聚在這裡召開緊急會議。

「不過，謠言啊……」

打破沉重的沉默的是傑特。

「我覺得很奇怪，為什麼會突然傳起那種謠言呢？」

冒險者們的確會在服務處或酒館、迷宮裡交換情報。雖然情報流通的速度很快，但有時也會出現這種錯誤的資訊。

「因為神域技能太有吸引力了，大家都想要，所以消息擴散得很快……我是這麼想的，你覺得有什麼不對勁的地方嗎？」

「和魯費斯那時一樣。」

傑特的話，使在場者們倒抽了一口氣。

魯費斯是一個月前殺害自己隊友，使魔神復活的冒險者。他對白銀懷恨在心，打算利用魔神消滅白銀，結果自己被魔神殺了。

「魯費斯也很肯定地說『隱藏迷宮裡有能得到神域技能的遺物』，跟這次的謠言內容一樣。我想應該不是偶然。」

勞明白了傑特的言下之意。

「你是說，有人煽動魯費斯，而這次也是那人在故意散布謠言……？」

「很有可能。知道魔神存在的什麼人告訴魯費斯，只要讓魔神復活，就能殺死白銀所有人，引誘他前往白堊之塔──這次則是散布『有能獲得神域技能的遺物』，讓冒險者們尋找隱藏迷宮。」

「……」

傑特的推論，使勞沉默不語。他的臉之所以失去血色，應該是想像了那個「知道魔神存在的什麼人」的目的吧。

「……那個人打算利用冒險者，讓魔神復活……？」

「只能這麼想。」

雖然我很想否定。傑特說完，嘆著氣點頭。

沉眠在隱藏迷宮中的魔神，會在吃了人類靈魂後復活。說白了，只要有活人的生命，不論是誰，都能讓魔神復活。

「那傢伙在想什麼？太可惡了吧……」

勞苦著臉道。這也是當然的，一個月前，與《白銀之劍》交戰的魔神，是前所未見的強敵。

不，那存在不只是強敵足以形容的。

魔神能使用複數目前已經消失的最強等級技能‧神域技能，而且肉體強韌，能承受所有攻擊，是能在一夜之間滅盡先人的可怕存在。以現代人類的技術與智慧，肯定無法對抗他們……

就算稱其為天災，也不為過。

「傑特的想法很有道理。」

原本聆聽兩人對話的葛倫總算開口：

「這次的謠言與魯費斯的言行有許多共通點，不能視為巧合。肯定有人在幕後操縱整件事。假如小姑娘不在的話……假如那魔神離開白堊之塔，來到城鎮的話……我實在不願想像會有什麼結果。」

雖然葛倫沒有說出口，不過在場的人都可以輕易地想像那淒慘的情景。

在過去，先人曾經繁榮於赫爾迦西亞大陸，擁有高度技術與名為神域技能的強大力量。可是他們卻於一夜之間完全消失。先人對研究的貪婪觸怒了神，於是消滅了先人——這是最普遍的說法，但真相有點不同。

先人創造了具有強大力量與肉體，名為「魔神」的遺物，然而也諷刺地，被魔神於一夜之間滅絕。

假如把那麼危險的魔神從隱藏迷宮中解放出來，毫無疑問，現在住在這片大陸上的居民也會步上與先人同樣的後塵。這麼一想，便覺得毛骨竦然。最可怕的是，在這片大陸上，仍然沉眠著複數的魔神。

「如果又發生同樣的事，使魔神復活的話——」

勞等人因傑特說的話而吞了吞口水。場面沉默下來，氣氛變得十分凝重。幾秒後——

「喂，你們。」

一道低沉的聲音打斷了他們的對話。

所有人抬起低垂的頭，看向發出聲音的人。

無機質的房間中，被燈光照亮的，堆積如山的委託書。塞滿文件的櫃子、排列整齊的辦公桌。其中一張辦公桌——文件堆得特別高，甚至堆放到周圍地板上，形成陰鬱的氣場——有人正坐在那張桌子前，以充滿殺意的銳利視線瞪著他們。

是瘋狂加班中的亞莉納。

「要討論魔神是無所謂……可是你們……為什麼要在這裡討論……？我還在加班中哦……？」

沒錯，傑特等人集合的場所，是伊富爾服務處的辦公室。他們正坐在辦公室一角的待客用沙發上開緊急會議。

「不好意思啦，不過這次就請妳睜一眼閉一眼吧，小姑娘——啊，這是我的一點心意。」

咯哈哈！以爽朗的笑聲沖散沉重的氣氛、搔著頭這麼說的，是原本不可能出現在這裡的人物——冒險者公會會長葛倫。一旁的祕書菲莉立刻把裝著點心的籃子交給亞莉納。

「總不能在總部談論小姑娘或魔神的事吧？因為不能保證不會被偷聽。如果被誰聽到了，小姑娘也會很困擾吧？」

「就算是那樣，也可以在其他地方討論啊——！別在加班的人旁邊死氣沉沉地討論那種煩人的話題嗎!?」

「好了別氣啦，亞莉納小姐，開完會後，我會幫妳處理文件的。」

「講得那麼好聽，其實是想把我也扯進來吧！」

「唔！」

「我才不會上當呢……！先說清楚！魔神什麼的和我無關！那是你們的工作！」

「您、您說的是……」

葛倫無法反駁，只能嗚嗚呻吟。一旁的傑特關心地發問：

「是說亞莉納小姐，妳有好好吃飯嗎……？妳臉頰都凹下來了哦……人家說變瘦時會從胸部開始瘦起，所以妳要好好吃飯——」

「啊!?」

亞莉納以殺人般的視線使傑特閉嘴，露露莉也擔心地道：

「亞莉納小姐，喝太多魔法藥水對身體不好哦……！疲勞時，可以喝花草茶之類有放鬆效果的……」

「那種輕飄飄的飲料，怎麼可能消除加班的疲勞……？」

「噫！」

「我還挺會作菜的。下次我做些營養的料理給妳吃吧，亞莉納小姐。」

「營養什麼的不重要我現在最想要的只有一件事就是百年祭──！」

亞莉納的眼神比剛才更狠戾，還握斷了羽毛筆。

「先說清楚，我現在也處於緊急狀況哦……！」

無視露露莉的忠告，亞莉納粗魯地把加班時的提神良伴魔法藥水一飲而盡，表情險惡地齜牙咧嘴：

「這可不是普通的加班……！而是和我的……我的百年祭息息相關的──」

話說到一半，亞莉納想到什麼似地住了口，倏地雙眼發亮，看向葛倫：

「對了！用會長的技能停止時間的話，不就能把文件處理完又準時下班了嗎!?」

葛倫的超域技能〈時間觀測者〉，是能夠停止時間的稀有技能，也是葛倫以冒險者身分活動的現役時代，被稱為最強冒險者的原因。

「不好意思啊小姑娘，那是不可行的。」

然而葛倫駁回了亞莉納靈機一動的想法。

「雖然我的技能能停止時間，可是無法干涉現象。除了我之外，所有事物都無法移動──

雖然小姑娘是例外——所以呢，就算停止了時間，但是妳連羽毛筆都拿不動哦。」

「……怎麼這樣……」

冷靜想想，確實不可能有那麼方便的技能，是被逼到快崩潰的亞莉納病急亂投醫了。

亞莉納消沉地將視線投向放在桌邊、幾乎快被大量文件淹沒的一本小冊子。那是每年百年祭的時期發給觀光客的，介紹百年祭的導覽手冊。

傑特探頭一看，被翻得發皺的封面上，寫著許多亞莉納蒐集來的百年祭資訊。光是封面就寫了這麼多，內頁肯定塞滿了更多資訊。從昨天起，亞莉納就一直叨唸著百年祭、百年祭，看來她非常想參加這一年一次的祭典，而且執著到異常。

「果然……今年也沒辦法……參加百年祭了嗎……嗚、嗚嗚……」

「亞莉納小姐……」

傑特看著櫃檯小姐被迫加班的可憐身影，說不出話。辦公室陷入守靈般的沉痛氛圍中，傑特輕輕地把手放在亞莉納顫抖的嬌小肩膀上。

「現在放棄還太早哦，亞莉納小姐。」

「咦？」

亞莉納猛地抬頭，見到露出可靠的笑容，以拇指指著自己的傑特。

「妳忘了嗎？還有我這個救星……」

「忘了。」

「不對妳一定有想到吧!?」

亞莉納迅速且冷淡地回答，傑特連忙說下去：

「只要我認真起來幫忙，可以在同樣的時間裡處理完比這多兩、三倍的文件哦！我一定會帶妳去參加百年祭的！」

「唔！」

「反──正你一定居心不良，會提出奇怪的要求作為交換條件對吧？」

真敏銳，完全正確。

「不我只是想幫妳的忙然後在百年祭時和妳約會而已──」

「誰要接受那種交換條件啊！」

「不然兩天……不，一天！一天就好！只要一天就好，和我約會吧！」

「我絕對，死也，不要！」

「居、居然說到那種程度……!?」

被亞莉納嚴辭拒絕，這次換傑特淚眼盈眶了。

「你好像誤會了什麼，但我是打從心底享受獨處之樂的人哦。因為我不想顧慮同行的其他人的感受！所以購物時我也都是一個人哦！」

說成這樣，已經沒有任何傑特有隙可乘的空間了。但傑特仍然不屈不撓地咬牙逼近亞莉納道：

「嗚……可是亞莉納小姐……！妳沒有參加過百年祭所以不知道，祭典時會有很多想搭訕女生的臭男人哦!?可愛的女孩子一個人走在路上，等於向大家宣布我在等人搭訕、請搭訕我哦！但只要有我在妳身邊，就可以放心了。」

「先說清楚，你的煩人度和想搭訕女生的臭男人沒啥兩樣哦。」

「既然是這樣，本來就認識妳的我不是比較好嗎？」

「那是什麼歪理啊!?」

「所以和我約——」

「不——要！為什麼我非得委曲自己配合想搭訕女生的臭男人啊？」

「可是就現在的情況，只靠妳自己加班，很有可能去不了百年祭吧。」

「唔！」

傑特一針見血地點出現實，令亞莉納無可反駁，忽然垂頭喪氣地自言自語起來。

「可是……不過的確……這麼多文件，一個人是處理不完的……」

亞莉納瞪著文件，用力將嘴唇抿成直線。

「不能……因小失大……百年祭總共有三天……一天，只要忍耐一天應付這傢伙，就能換來另外兩天的快樂……就算一天噁心到想吐，也能以之後兩天的快樂覆蓋記憶……！」

「亞莉納小姐妳一定是故意把內心話講出來的吧……」

「好吧。」

「真、真的嗎!?」

亞莉納總算屈服，不情不願地同意。

「相對的！你一定要讓我參加百年祭哦……！一定要消滅加班哦！」

「交給我吧！一起努力吧，亞莉納小姐。」

「……呃，兩位——」

見兩人總算做出結論，葛倫趁機尷尬地開口：

「夫妻相聲就到此為止吧，差不多該回到正題咕噗嗚!?!?」

話還沒說完，亞莉納的鐵拳便瞬間擊中葛倫的臉。葛倫高壯的身體就這樣連著沙發，盛大地向後翻倒。

「會、會長大人!?」

原本站在一旁的菲莉，臉色大變地跑到葛倫身邊。

「喂……我可是被加班搞到快抓狂了哦……下次再開隨便那種過時的老頭玩笑，我會直接打斷你三顆門牙哦……」

「對……對不起……」

葛倫搖搖晃晃地把沙發歸位，清了清喉嚨，正準備回到正題時——

沙沙沙！雜亂地疊放在附近櫃子上的文件垮了下來。

「咦？」

傑特怔怔地叫了一聲。彷彿連鎖反應似地，周圍的文件山也跟著發生土石流，轉眼之間，地板被數不清的文件淹沒。傑特傻眼地開口：

「難道……這些……全是還沒處理的文件……!?」

「……是啊……」

亞莉納回答著，搖搖晃晃地撿起地上的文件。原本以為她桌上的文件就是全部，看樣子是太小看這一切了。看不下去的露露莉與勞也伸出援手，幫忙收拾。做到一半時，亞莉納突然用力捏皺手中的文件。

「我不要了……我不要了啦……！」

翠綠色的眸子浮起淚水，但是下一瞬，亞莉納又銳利地瞪著葛倫：

「喂……！你剛才說，是有人故意散布謠言對吧……!?」

「是、是啊。那種可能性很高——」

亞莉納置若罔聞，把文件一扔，一把揪起葛倫的領子：

「告訴我是誰在散布……！我要、親手、宰了他……!!」

光是眼神，似乎就能殺死自己十次。就連身經百戰的前冒險者葛倫，也忍不住因那眼神而發抖。

「雖、雖然我們已經大致推定謠言是從哪裡傳出來的了，但還沒有明確查出是誰……再說，就算打倒散布謠言的人，也沒辦法立刻讓小姑娘不必加班……」

「告訴我。」

沖天的怨氣使亞莉納的表情崩壞，她從牙縫發出聲音：

「那傢伙現在也正在若無其事地散布謠言不是嗎……？正在量產那些信了謠言的腦殘冒險者不是嗎……？所以不能讓那種人在世上多活一分一秒……不是嗎??」

「……嗯、嗯，犯人確實非常缺德，不過可以的話，我希望能活捉造謠的傢伙挖掘情報……」

「今年的百年祭……是我的生存意義哦……!!是賭上一介櫃檯小姐的……一介勞動者的！自由與尊嚴的活動哦!!居然，居然————！！！想以謠言那種無聊的東西毀了我的百年祭!!不可原諒，我一定要親手宰了他!!!!」

亞莉納憤怒的咆哮聲，迴蕩在深夜的辦公室裡。那凶暴至極的怒氣，使眾人不敢出聲勸慰，噤若寒蟬。

11

距離百年祭還有五天。

亞莉納正在蓊鬱蒼翠的森林深處行走著。

C級迷宮「永恆之森」。這座森林，有點特殊。

一般來說，「遺跡」指的是先人留下來的建築物，但永恆之森只是普通的森林，卻也被稱為迷宮。

因為這座森林裡，充滿了理論上只有迷宮內部才會散發的乙太，導致許多魔物被乙太吸引，棲息在森林裡。

話雖如此，永恆之森中的魔物並不強大，樓層也只有一層。一般迷宮的話，每層樓都會形成一處乙太最濃烈，通稱「頭目的房間」的場所，但面積廣大的永恆之森裡並沒有那樣的地點。因為不是空氣不流通、容易累積乙太的建築物，通風的森林能使乙太維持在一定的濃度。

由於這裡離伊富爾不遠，若有萬一也能不靠傳送裝置回到城裡。所以對新手冒險者來說，是很珍貴的練功場所。

「亞莉納小姐特地居然使用了那麼珍惜的有薪假……真是太不尋常了……」

前進在不成道路的林間道路上，一旁的傑特感慨不已。

「我要打爛那個造謠的混帳。沒問題，我已經告訴萊菈，叫她今天從容就義了。」

前輩妳這個叛徒——!!儘管被萊菈一把鼻涕一把眼淚地痛罵，但是不犧牲萊菈——訂正，不使用兩敗俱傷的戰術的話，就無法結束這異常狀態。稍微付出一點犧牲，也是不得已的事。

「先提醒一下，假如散布謠言的傢伙，和唆使魯費斯的傢伙是同一個人，我們想好好地審問他，所以希望妳別不小心殺了對方——」

「我會妥善處理的。」

「……」

「是說，真的會有人在這種地方散布謠言嗎……？不是在酒館，而是在這種地方？」

亞莉納重新環視森林，提出疑問。

恣意生長的高聳樹木。交纏的枝葉形成了天然的頂篷，擋住日光。儘管是大白天，森林中仍然顯得很陰暗，空氣也涼颼颼的。隆起於堅硬地面的樹根使人難以行走。

「因為來這裡的冒險者很多，就散布假消息的場所而言並不差。再說，酒館裡的冒險者通常處於喝醉的狀態，不一定能好好進行對話。」

「……原來如此。那麼——」

亞莉納接受了傑特的說明，可是又捏起自己身上長袍的一角，僵著臉發問：

「這身扮裝……又是為了什麼？」

亞莉納現在穿的，不是平常的那件處刑人斗篷，而是白魔導士的長袍。她彆手彆腳地拿著魔杖，把帽兜拉得很低。

打扮與平常不同的，不只有亞莉納而已。傑特穿的是黑魔導士的長袍，手中拿著魔杖；勞穿著輕裝鎧甲，腰間掛著長劍；至於露露莉，則揹著盾兵用的大型盾牌。但因為她太嬌小了，與其說揹著盾牌，更像被盾牌揹著。

「看看露露莉……因為盾牌比身體大太多，從後面看的話，根本就像盾牌長了腳在走路……」

「噗——呵呵，真的，我也一直很想說。從剛才起就只看到盾牌在森林裡慢吞吞地蠕動，超好笑的。」

「勞……！你給我記住……！」

盾牌的另一頭傳來露露莉咬牙切齒的聲音。

「比起這個，亞莉納小姐竟然負責療癒，實在太可怕了……」

「你想說什麼？」

「根、根據情報部門的說法，有人在這裡拿假消息煽動新手冒險者呢。」被亞莉納一瞪，傑特連忙開始說明。「不讓對方注意到我們是白銀比較好，所以這不是扮裝，而是偽裝。」

「是說這身裝備，還真令人懷念啊。」

勞低頭看著自己身上的廉價鎧甲，笑道。一行人為了偽裝成新手冒險者，穿戴的全是市場上買來、容易入手的廉價裝備與一般武器。

「會讓人想起菜鳥時的自己呢。那個時候只要有這身裝備，就很開心了呢。我是冒險者了——！的感覺。吶，盾牌妖怪，妳說是不是？」

「唔咕咕……！」

雖然露露莉再次咬牙切齒，但似乎沒話好反駁，所以哼地把頭撇向一旁——大概。畢竟被盾牌擋著，看不到她的樣子。

「菜鳥時的自己……」

盾牌的另一頭，忽地傳來低聲的自語。

「……是啊。」

也許因為疲勞，感覺露露莉的聲音有點沒精神。

「就是這裡。」

蓊鬱蒼翠的森林豁然開朗時，傑特說道。亞莉納停下腳步，眼前是一座小湖。

「湖……？」

那是一座奇妙的湖泊。一塊巨岩彷彿從天而降似地，座落在湖水中央。雖然說長滿青苔，整個變成綠色的巨岩本身散發著非比尋常的氣勢，但湖水反射著白日陽光，閃閃發亮的模樣，又是與迷宮截然不同的恬淡光景。

「這裡叫苔岩湖，在冒險者之間是很有名的休息場所。因為乙太的濃度很低，所以很少出現魔物。」

的確，湖畔的土壤被踩得很硬實，而且有不少代替椅子用的樹樁或樹幹，看得出來曾經有不少冒險者在這裡休息。

「我們先在這裡休息一下吧。」

「休息……？」

傑特無視亞莉納的驚訝，逕自放下武器，毫無防備地休息起來。看起來就像缺乏經驗的新手冒險者。

「既然隊長這麼說，就休息一下吧。」

勞與露露莉聳了聳肩，也放下武器及護具，坐在地上。因為一直揹著沉重的盾牌行走，露露莉已經累到完全躺平了。沒辦法，亞莉納也趕緊跟著坐下。

「肩……肩膀……整個硬掉了……」

「這已經最輕的盾牌了呢……早說過應該挑能單手使用的圓盾比較好。」

「可是那樣的話，就沒辦法遮住臉了。」

露露莉憔悴地回著，臉上帶著後悔之色。

「一開始試揹時，我覺得沒問題的啊……！」

「因為只揹一下子，和長時間揹著是兩碼子事嘛。」

「真的受不了時，我就和亞莉納小姐交換……」

「妳說什麼？」

「話說回來亞莉納小姐。」

傑特忽然一臉正經地看向亞莉納。

「幹嘛？」

「這個湖還挺深的，而且水質很乾淨，很適合游泳哦。這附近出身的冒險者，在新手時期都會玩游去碰苔岩再游回來的遊戲。」

「哦。」

「所以要不要游個泳，轉換心情呢？」

傑特一本正經地說出自己的不良企圖。

「當然，我早就幫妳準備好游泳用的服咕噗啊！」

亞莉納無言地一把抓起傑特的後腦，按進湖裡。

「死吧你這個變態白銀。」

「噗咕嚕噗喔！」

已經習慣這種場面的勞與露露莉，在一旁望著被按在水中掙扎的傑特，與一臉冷漠的亞莉納，悠哉地喝著飲料，嘆氣。

「剛才是傑特不好。」

「我也這麼想。」

「——唷，你們挺愉快的嘛。」

一道穩重的話聲響起，一組冒險者在湖畔現身。

「你們也是來休息的嗎？」

那是由四名男性組成的隊伍，其中看上去最年長、貌似隊長的中年補師以平易近人的態度發問。

「是啊。我們才剛成為冒險者，是來永恆之森練習的。」

不知何時復活的傑特，以稍微拔高的嗓音瞎掰道。

「真有心啊。我們可以和你們一起休息嗎？——啊，我叫海茨，請多指教。」

海茨打完招呼坐下，悠悠地與傑特等人聊起天來。

13

「——話說回來，你們知道祕密任務嗎？」

聊了一陣子後，海茨突然如此發問。

「祕密任務？」

負責和他聊天的傑特故意裝傻。

「是啊。你們是新人，所以還沒聽說過吧。其實這說法流傳很久了哦，在這片大陸上，有誰都無法發現的隱藏迷宮哦……只要接下祕密任務，迷宮好像就會出現。」

「隱藏迷宮裡有什麼好東西嗎？」

「……當然有了。隱藏迷宮裡有所謂的『特別的遺物』。能讓神域技能發芽的遺物……這樣說應該比較好懂吧？」

「神域技能!?」

「呵呵，很像作夢般的故事對吧？現代已經失去的最強等級技能……假如得到那種力量，就能瞬間變強，不必在這種地方練習了哦？」

「的確……！」

傑特以菜鳥般天真又興奮的語氣叫道——卻突然一轉，用回原本的聲調，小聲低喃：

「——但，那是真的嗎？」

海茨臉色一沉，警戒似地與感覺不變的傑特拉開距離。傑特謹慎地觀察海茨，拉下原本壓得很低的帽兜。

「……白銀的傑特・史庫雷德!?」

一認出傑特，明白自己中了陷阱的海茨變了臉色。他的同伴也連忙起身，但亞莉納等人早已將他們團團包圍，斷了退路。

「唔……！」

「你們就是以這種方式……潛伏在這裡，等適合的隊伍出現時，裝成偶然相遇，散布祕密任務的謠言，對吧？」

「《白銀之劍》……是公會派來的嗎……！速度還真快啊。」

「魯費斯也是被你們煽動的嗎？」

「魯費斯……？誰啊。我們只是從黑衣男那裡，聽說神域技能的事而已。」

「黑衣男……？」

話說到一半，傑特警覺地抽出腰間魔杖，擋下另一名男人的長劍。那男人右眼戴著眼罩，揹著大型盾牌，是名盾兵。那男人囂張地笑了起來。

「還特地做了可笑的變裝，真是辛苦你們啦。沒想到區區一個謠言，就特地派出白銀，看來《白銀之劍》很閒——」

咻。男人話還沒說完，身影突然消失了。

不對，是某種物體以驚人的速度，把他水平地打飛了出去。一拍後，沙沙沙沙！男人在地上製造出深深的溝渠，以奇怪的模樣滾動到遠方。

「「「……」」」

那毫不留情的攻擊，使在場雙方都沉默了下來。所有人的視線，全都集中在……連男人的挖苦都懶得聽完，就二話不說底把他打飛的人物上。

是已經怒氣衝天地拿出戰鎚的亞莉納。

「你們總算出現了，造謠的王八蛋……！」

非比尋常的殺氣，從白魔導士療癒長袍中滲出，亞莉納低聲道：

「去死吧。」

「那、那技能，還有戰鎚……你、你是處刑人!?」見到戰鎚，海茨瞪大眼睛：「聽說處刑人加入白銀，原來是真的嗎……!?」

海茨似乎想做什麼，瞄了一眼自己身後的同伴，並朝他們伸出手。亞莉納毫不在意地緩緩舉起戰鎚。此時——

「等……等一下！」

出聲的，是露露莉。

「艾登……你是艾登嗎!?」

露露莉看著被打飛的盾兵，急切地發問。那緊張的語氣，使亞莉納的動作慢了一拍。

「發動技能〈空間超越者〉！」

海茨趁機大叫，湖畔亮起紅色的技能光芒。亞莉納提防著對方的攻擊，但海茨手中發出的超域技能光芒並非對著亞莉納，而是自己後方。紅光迅速地包圍海茨與他身後的兩名男子——三人在轉眼間消失無蹤了。

「不見了……？」

「是空間移動系的技能嗎……！」

傑特從類似傳送裝置的現象，推測出海茨的技能，接著他看向被亞莉納打飛的盾兵。被同伴被留下的男子傷痕累累，斗篷也因毆打的衝擊變得破破爛爛。

男人沒有右臂，再加上右眼戴著眼罩，非常不適合使用重量級的大型盾牌。不，不光是不適合而已。只有單手的人根本不能擔任盾兵。因為無法一手拿劍，一手舉盾。

「露露莉，妳認識他？」

傑特嚴肅地向露露莉發問。露露莉沉默了幾秒後，看著男人，明確地點頭。

「那隻、右手，還有眼睛……沒錯，他是，我以前的——」

「咯……咯咯！」

艾登的低笑打斷了露露莉的話。雖然他發現同伴扔下自己消失了，可是並不在意，反而聳了聳肩。

「好久不見啊，補師大人。」

「……你……果然是艾登……」

露露莉握緊魔杖，表情變得很嚴峻，而且看起來似乎有點愧疚。

「為什麼……為什麼要做那種事……為什麼要散布謠言呢！」

「謠言？不對，神域技能是真的存在哦。」

艾登陰沉地回答。

「說到底，妳憑什麼高高在上地對我說教啊？……殺人凶手露露莉小姐！」

沉默降臨在風光明媚的湖畔。

「……殺人凶手？」

傑特忍不住皺眉看向露露莉。儘管被說得那麼難聽，露露莉只是沉默地低著頭，並不加以反駁。

「給你們一個忠告，讓這矮子當隊裡的補師的話，早晚會被她害死喔？因為這傢伙是能面不改色地拋棄同伴的殺人補師！哈哈哈哈嘎啊!?」

艾登正放聲大笑時，又突然被水平打飛。因為他的臉被不懂得看場合的戰鎚，狠狠擊中。

「噗呃、啊！」

艾登的身體不斷在地面翻滾彈跳著，最後「嘩啦！」一聲，落入湖中的淺灘處，總算停了下來。他搖搖晃晃地起身，似乎無法理解發生了什麼事，但是在見到站在困惑的白銀們前方的亞莉納，以及她手中的巨大戰鎚後，大致明白了。

「妳、妳怎麼能在別人說話時打人……!?」

「露露莉是不是殺人補師什麼的，那種事情根本不重要啦你這三流廢物……」

「三、三流……不、不對怎麼會不重要!?」

「都是因為你們輕率地散布謠言……我才會變得這麼慘哦……！在最前線的現場戰鬥的勞動者，被區區無聊謠言，害得差點無法參加期待已久的活動……櫃檯小姐的心情，你懂嗎……？」

「啥？」

亞莉納眼中亮起不由分說的凶殘光芒，舉起戰鎚。由於她穿的不是平時的處刑人斗篷，而是療癒人的白魔導士的長袍，因此發出殺氣的模樣更顯得駭人。

「雖然讓其他三隻逃了……不過我說過……散布謠言的傢伙……我全部都會宰了!!」

「等、等等等、等一下！我正要說那個殺人補師的過去——」

「少囉唆那種感覺很長的往事我之後聽本人講就好去死吧啊啊啊啊啊────!!」

「嗚、嗚哇啊啊啊啊啊!!!!」

亞莉納怒吼與艾登的慘叫迴蕩在白晝的森林裡，緊接著，強烈的振動在樹林之間擴散，把停在樹梢上的鳥兒們嚇得振翅而逃。

14

距離百年祭，還有四天。

雖然昨天成功在永恆之森逮到了散布謠言的犯人之一，但亞莉納的表情還是很陰鬱。到頭來，仍然沒有追查到其他三人的所在。

話雖這麼說，既然身分曝光，應該就無法繼續散布謠言了吧，葛倫如此認為。海茨等人的下落將會由公會的情報部門繼續追查，也公布了三人的名字與長相，將他們列為通緝犯。這樣一來，應該不會有更多無憑無據的謠言到處流傳了。

「前輩，妳昨天到底去哪啦啊啊啊啊──!!」

亞莉納一來到職場，萊菈就淚眼汪汪地撲了上來。

「昨天真的……真的是超慘的……！主要是我很慘……！因為平常會幫我的前輩不在……！」

「我因為原因不明的身體不適，在家裡休息哦。」

「妳的聲音不是中氣十足嗎!?」

「當同事以『原因不明的肚子痛』或『從早上就一直頭痛』那種明顯鬼扯的理由請假時……理解那些理由之後的意圖，並視為真正的身體不適，是身為社會人士（淑女）的基本常識哦……知道了嗎？」

「那是什麼新常識啊!?」

「好了！今天也要加油哦……百年祭就快到了！」

＊＊＊＊

今天也照樣因怒濤般的窗口業務忙得喘不過氣。

營業時間結束後，亞莉納站在冷清的辦公室裡，厭煩地俯視著堆積如山的文件。

「雖然抓到了造謠的王八蛋……人潮還是沒辦法立刻消失呢……」

她深深地嘆氣。

「對了，今天早上的報紙有說，散布謠言的犯人之一被抓到了呢——……」

光是對應白天的窗口業務就筋疲力竭的萊菈，無力地躺在待客用的沙發上，意識模糊地回應。

「畢竟謠言爆發成這樣，沒辦法那麼快平息吧……」

傑特坐在亞莉納旁的辦公桌前，手指放在下巴，一臉嚴肅地說著。

「——話說回來，那個……」

萊菈從沙發上坐起，表情突然變得很認真，疑惑地看著理所當然地坐在辦公桌前的傑特。

「那裡，是我的位子哦……傑特大人……」

說到這裡，萊菈總算發現眼前的光景有多麼異常。只見她眼睛瞪得愈來愈大，忘了疲勞似地顫抖不已。

「是說……是說……!?為什麼白銀的隊長兼公會最強的盾兵大人，會理所當然地坐在我的桌子前，幫亞莉納前輩處理文件呢!?!?這是什麼狀況!?吶，這是什麼狀況!?」

「就是妳看到的狀況。」「就是妳看到的狀況哦。」

與傑特同時回答，亞莉納若無其事地繼續手中的工作。

「這是我用了某些管道找來的幫手。放心，這傢伙很會處理文書作業。不管他了，萊菈，妳也別躺著了，快來處理今天的業務。現在一分一秒都不能浪費哦……可是時間還是不夠用！」

「不……不不不，不行啦！不只傑特大人在，還稱他為這傢伙，而且還讓他幫忙處理文書工作，我怎麼可能毫無疑問心如止水地加班……」

「因為亞莉納小姐答應我，幫她加班的話，她會在百年祭時和我約會一天。」

「什、什麼──!?」

傑特插嘴說出了不必要的資訊，使萊菈更加混亂地瞪大眼睛。但是幾秒後，「是這樣啊……！」她眼神又閃亮了起來。

「原來如此……原來如此！我會為您的戀情加油的！傑特大人！」

萊菈坐在沙發上，朝天高舉拳頭大叫。剛才的疲勞不知到哪兒去了。

「萊菈我太高興了……！亞莉納前輩明明是美人，可是該說沒有女性魅力，還是因為身邊沒有男人呢，她從來不化妝打扮，也不對男性撒嬌，就算有男性約她，也總是皮笑肉不笑地回絕，而且還會以看螻蟻般的眼神鄙視來櫃檯的冒險者們，榮登『休假時不知道在做什麼的人』排行榜第一名。那個……雖然在本人面前說這些有點尷尬，可是每天只有工作的前輩都快乾枯了……所以我覺得她需要一點這種滋潤！」

「妳把我當白痴了對吧？」

「這也是一種愛哦！關心前輩的愛！傑特大人拜託您了，亞莉納前輩說要一個人參加那個情侶的魔窟・百年祭哦！請您一定要阻止她！」

「交給我吧，萊菈。話說回來我有個疑問，妳剛才說有男性約亞莉納小姐？那種情況很常有嗎？」

「好好哦——前輩居然能被傑特大人喜歡……結婚之後根本是飛上枝頭變鳳凰，就再也不必工作了，可以被愛老婆的帥哥老公寵著，過貴婦的生活……」

「別開玩笑了，為什麼我非得和這傢伙結婚不可啊？」

「咦？」

萊菈的大眼睛眨了又眨。

「咦咦咦咦咦!?有不結婚的選項嗎!?傑特・史庫雷德大人可是最成功的冒險者之一哦!?從十三歲起就一直是名利雙收的冒險者才能進榜的『富豪排行榜』的常客，財產多到可以一輩子不用工作……！不但實力非常強，個子又高身材又好，而且還是大帥哥——」

「嗯嗯好厲害好厲害。」

「比如前輩妳用來晾乾文件上墨水的那面盾牌！它的價錢可是我們年薪的好幾倍哦!?!?」

萊菈倏地指向因為文件太多，沒地方晾乾墨水而被當成臺子使用的大型盾牌說道。

聽她這麼一說，的確，傑特原本的盾牌，已經在一個月前和席巴戰鬥時全毀了，所以這是新買的吧。在遺物中，遺物武器特別稀少，價格最高，這面盾牌的價格說不定不亞於一棟房子。能若無其事地準備這樣的東西，可見傑特的財力確實雄厚。

不過，亞莉納冷冷地反駁萊菈俗氣的說法。

「住口。這個世界上啊……可是有金錢無法買到的喜悅哦……！」

「噫！」

被亞莉納狠狠一瞪，萊菈小聲哀號。

「下班後一個人喝的酒！休假前一晚的熬夜放縱！獨占甜食的極樂……！」

「好……好微不足道……」

「最重要的是……！不是花別人的錢，而是能隨心所欲地使用自己血汗賺的錢！想怎麼亂買東西都無所謂！就算買的是非必要品，也不會因此愧疚的踏實感！我可不是那種想靠別人的錢生活的輕浮人類哦！」

「……傑特大人，您究竟喜歡亞莉納前輩的什麼地方呢？」

「我滿喜歡她那種頑固到讓自己不幸的部分的。」

傑特面不改色地回答，萊菈只能閉嘴。

「……話說回來，傑特大人處理文件的速度，會不會太快了……？」

萊菈事到如今才發現傑特處理完的文件的總量之多，佩服地瞪大眼睛。

「從剛才起我們就以雙人體制檢查文件，完全沒有發現疏漏之處哦……!?」

萊菈的訝異，使亞莉納不高興地噘起嘴。沒錯，傑特的文書處理能力相當高。不，應該說極為優秀。而且他厲害的不只這樣而已。

「啊，亞莉納小姐，我剛才說的登記錯誤的那份——」

傑特拿起一張冒險者在登記時不小心寫錯，但是亞莉納沒注意就收下的委託書。

原本該在辦理手續時就發現錯誤之處，請本人重寫才對。像這樣事後才發現，情況會變得很麻煩。花點功夫找本人擇日過來修正還算是好的，假如發現得太晚，可能會超出服務處主管的裁量權限，需要請公會總部審核；假如涉及其他的出納部門就更慘，還得寫報告書說明原委，光是一張委託書，就不知道得浪費多少時間——

「我查了一下，以前也有同樣的例子，因為本身不會造成實際的損害，所以只要寫訂正報告就行了。而且是服務處主管的權限可以裁量的程度，不需要向總部報告。明早就拿去給主管蓋章吧。」

「連、連過去的例子都調查好了!?」

萊菈大受震撼。

會有這種反應並不奇怪。因為傑特剛才自主完成的那些，是萊菈還沒學到的業務內容。

沒錯，傑特最厲害的地方，是他擁有柔軟的危機處理能力。

不但擁有「不隨意相信他人說法，自己主動調查」的獨立思考能力，還能從過往的文件山中，精準地找出相似的前例，靠自己的力量找出解決方法。加上不會獨斷專行，會在事前事後告訴亞莉納自己做了什麼。

雖然很不甘心，可是在天天加班的忙碌期，這樣的人才，就算說是救世主也不為過。

「什麼嘛……這傢伙如此完美的業務能力……根本可以直接上班了，真氣人……!!」

「前輩，我也快要失去自信了……」

亞莉納懊惱地咬牙，萊菈也在一旁一臉洩氣。

「——萊菈，喂，萊菈。」

傑特輕搖趴在桌上睡著的萊菈的肩膀，「呼啊？」新人櫃檯小姐發出傻怔的聲音，抬起頭。口水從她嘴角流下，在被趴住的委託書上製造出水漬。

「妳已經撐不住了吧？還是先回去睡吧，反正還有明天。」

「……嗚嗚，亞莉納前輩呢——啊，她還在加班呢……」

萊菈說到一半，從亞莉納桌上堆積如山的文件明白一切。亞莉納說要去呼吸一下外頭的空氣醒醒腦，所以不在這裡。

「不過大部分都處理完了，已經快要看到百年祭的背影了哦。」

「既然如此，我也可以安心回家了！」

萊菈如自己的事情般開心，喜孜孜地開始做回家的準備。她收拾著堆滿文件的桌面，忽然小聲說：

「……傑特大人，亞莉納前輩其實很溫柔又堅強哦。」

「咦？」

傑特不禁抬頭，見到的不是原本有點睡呆的萊菈，而是略帶悲傷的雙眼。

「前輩她從還是新人時，就一直一個人加班，明明有那麼痛苦的回憶，可是我必須加班時，還是會留下來陪我。我是那樣苦過來的，所以妳也要吃一樣的苦！她沒有那樣對我呢。我想，一定要是很堅強的人，才能做到吧。」

「……我也知道她很溫柔哦。」

傑特的腦海裡，一個月前的記憶歷歷在目。

看著瀕死的傑特，淚珠忍不住滴落的亞莉納。儘管用力抿緊嘴唇忍耐，淚水還是盈滿眼眶的美麗模樣。為了自己而哭泣，拋下還沒做完的工作與櫃檯小姐的平穩生活，拋下一切，特地來救自己的亞莉納。

再也不想讓她露出那樣的表情。

「前輩她碰到問題時，從來不向別人求救哦。我的話都會立刻找別人幫忙，可是前輩她不管累積了多少工作，不管發生什麼事，都會勉強自己一個人解決。是不知道怎麼向別人求救，自己拚過頭的人。所以前輩居然會找您幫忙，讓我嚇了一跳。」

呵呵，萊菈開心地笑著——又稍微垂下視線，小聲道：

「傑特大人，請您一定要好好支持前輩哦……不管將來發生任何事。」

「？嗯，就算妳不說，我也會那麼做的。」

萊菈臉上似乎帶著陰霾。為什麼要露出那麼悲傷的表情呢？傑特正感到訝異，但萊菈又立刻露出燦爛的笑容，揮去方才的陰霾。

「那我就先回去，不繼續打擾兩位愛的世界了！」

她似乎對傑特的回答感到很滿意，笑著說完，兩三下做好回家的準備，從伊富爾服務處消失了。

「……」

只剩一個人的辦公室裡，傑特深深地坐在椅子上，仰望天花板。

「……必須變強……才行呢……」

僅以目前超域技能的力量，沒辦法對抗擁有神域技能的魔神。別說對抗了，無法承受敵人攻擊的盾兵，根本只是累贅。

假如有神域技能的話——傑特腦中不禁閃過這種邪念。

現在的傑特，很能明白一窩蜂地想得到神域技能的冒險者的心情。假如不知道魔神那種超越般的存在，他應該無法理解吧。

未知的強大力量太有魅力了。感覺只要得到那種力量，眼前的煩惱就會一掃而空。不，假如沒有那種程度的力量，根本無法解決這無解的問題……會陷入這樣的錯覺之中。

（可是，不對，不是那樣的。）

比起不確定是否存在的力量，現在能前進的一小步更是重要，傑特的師父是這麼教他的。

就算已經被稱作公會最強盾兵，他的想法也依然不變。

「以超域技能勝過神域技能的方法嗎……」

其實，傑特想到了一個方法。應該說，那是過去自己還年輕、經驗不多的時期未經深思而想到的「發揮超過超域技能的力量的方法」。但是就理論而言，那方法太危險，而且實際嘗試後，傑特也確實差點死掉，甚至被師父痛罵「你是白痴嗎？」。

「……要試試嗎？也只剩那個方法了吧。」

16

作了一個夢。

露露莉身在黑暗幽深的森林裡。周圍有兩具屍體。

手臂連同魔杖一起被扯斷，頸部朝不合理的方向扭轉的黑魔導士。腹部連著鎧甲一起被抓破，全身被血染成紅色，雙眼空虛地躺在樹根旁的的劍士。

「為什麼……」

失去手臂的盾兵，聲音因怨恨而顫抖，露出犬齒。

「為什麼不治療他們……！」

露露莉回頭，盾兵的右半邊臉上有慘不忍睹的裂傷。右耳被扯落，右眼也被抓爛，鮮血不停滴在地上。

「對不起，對不起，對不起……」

露露莉腦中一片空白，在極度混亂中，只能一直道歉。不對，我本來是想治療他們的。我是想救他們的。可是在這種狀況下，我也莫可奈何……就連這種辯解也說不出來。艾登繼續罵道：

「妳這個——！」

殺人凶手。

痛罵的聲音，變成從其他男人口中發出。

露露莉一驚，抬頭後，卻不見艾登，取而代之的是一名銀髮青年。露露莉認識他。他是很替同伴著想，非常可靠的隊長。

可是——咕咚一聲，青年的頭毫無徵兆地滾落在地上。

「噫……!?」

嘩啦。肉塊崩垮，前方躺著好幾具屍體。

很愛開玩笑的紅髮黑魔導士。總是板著臉，經常忙著加班，但是比誰都強的櫃檯小姐。

「——!!」

他們都是自己認識的人，都是自己想保護的人，然而他們卻全身浴血，已然斷氣。

殺人凶手。

是我殺了他們的。

是我——

****

離百年祭，還有三天。

一年一度的盛大慶典即將到來，伊富爾的大馬路旁，已經有不少露天攤販開始做準備工作了。街道上的裝飾也布置得相當完美，乍看之下隨時都可以開始舉行祭典。

儘管如此，走在喧囂大街上的露露莉表情卻很沉重。節慶熱鬧喧囂的氛圍，也無法打動她的心。因為今早作的反胃惡夢，一直在她腦中盤旋不去。

「那、那個。」

露露莉沉默地朝著伊富爾的正門(Main Gate)前進，最後總算下定決心，向走在自己身旁的勞開口。

「嗯──？」

「……你不問嗎？」

「問什麼？」

「那個，我是……那個……殺人凶手的事……」

「哦──」

前天，在永恆之森與艾登對峙時，勞等人確實有聽到那麼艾登這麼說，可是在那之後，沒有任何人問露露莉那是什麼意思。雖然一定是他們的體諒，可是這樣反而讓露露莉很難受，甚至覺得被逼問會比較舒坦。

忍受不了這種狀況的露露莉主動提起這件事，但勞只是恍神地眺望著熱鬧的街道，興味索然地回答：

「那種事無所謂啦。」

「……」

「比起那個，我更在意隊長為什麼突然找我們去總部……難不成是因為我太混了，想把我踢出白銀吧？」

勞漠不關心的態度，使露露莉有點不高興，但她還是認真地回答：

「……特訓。傑特是那麼說的。」

「咦？我沒聽說耶。」

「他好像想做什麼危險的特訓，希望我們陪他練習。傑特明明有說，是你沒認真聽。」

「欸？真假，隊長這次又想做什麼了……是說他明明應該再靜養兩個月的……」

「……」

看樣子，勞是真的對露露莉的過去不感興趣。

你也太冷淡了吧？露露莉有點蠻不講理地覺得惱火，不過又怕真的被問詳情，所以還是閉了嘴。

兩人走出城門，來到城外。不愧是百年祭即將開始的時期，城門附近的人特別多。旅行商人、旅人、冒險者、有頂篷的馬車……大量人潮捲入伊富爾的城門裡，露露莉與勞則坐上停在城門外的馬車。告訴車夫他們要前往公會總部，付了錢後，馬車動了起來。

兩人面對面坐在椅子上，分別看著窗外的景色，相對無言。噠噠的馬蹄聲悠然地響了一陣子後——

「艾登說的是真的！」

露露莉終於氣勢洶洶地起身大叫。

「嗚噢嚇我一跳。」原本看著窗外景色的勞因露露莉突如其來的宣告而瞪大眼睛：「幹嘛突然這麼激動？」

「以前，我剛成為冒險者時，第一次組隊的隊伍的盾兵就是艾登！那時的我是超域技能還沒發芽的大菜鳥！」

呼———！呼———！露露莉漲紅著臉，一口氣把話說完。害怕自己的過去被其他人知道的恐懼消失無蹤，她更想讓人知道那些往事。不對，其實是繼續隱瞞的痛苦勝過恐懼的緣故。勞緊張了起來。

「我、我知道了啦。其實妳很想說出來是吧？我會認真聽的，妳先坐下來。」

「……」

露露莉鼓著腮幫子，粗魯地坐回椅子上，別過臉迅速地道：

「我、我才沒有很想說呢……！只是因為被說成『殺人凶手』，所以要確實地說明清楚……！是說像這種時候，不是應該由你們介意然後發問嗎!?為什麼全都無視！你們討厭我嗎!?對我的事完全不感興趣嗎!?好好瞭解我的過去啦———！」

嗚哇啊啊啊！露露莉單方面地情緒爆發，哭了起來，讓勞更加不知所措，僵在原地。但那也是當然的。就算露露莉淚腺比較脆弱好了，可是突然像鬧脾氣的小孩子一樣大哭大叫，與平常隊伍中「正經可靠」的形象截然不同，會覺得她失常也是當然的。

「沒有啦，我和隊長不是故意無視，因為不管妳被那傢伙說成什麼，我們都不會當真，所以才沒有特地問——」

「可是我很在意！」

「好啦，我會聽，我會聽妳說的。不對，告訴我發生什麼事了吧？」

「……」

雖然覺得勞很像在安撫小孩子，所以有點不痛快，但露露莉還是調整呼吸，斷斷續續說了起來。

「……有一天……新手隊伍的我們，第一次比其他人都早抵達頭目的房間。雖然只是等級低的迷宮，但我們還是很開心……得意忘形地挑戰守層頭目。」

結果是慘敗。

身為盾兵的艾登無法持續吸引敵視，守層頭目開始攻擊隊內的攻擊手(Attacker)與露露莉。情況一片混亂中，前衛與後衛都受了重傷。可是當時的露露莉還沒有超域技能，魔法也不夠熟練，沒有同時幫助兩人的力量。

因此，露露莉被迫做選擇，必須放棄其中一人才行。

「我……沒辦法做選擇……所以半吊子地同時幫兩人做治療……」

露露莉的猶豫不決，導致了最壞的結果。艾登失去右眼與右臂，前衛與後衛也都因此喪命。

「哦——……原來如此，所以那傢伙說妳是殺人凶手啊。」

勞恍然大悟地說著，但是聲音很平坦，沒有感情。

「就艾登來說，我是在隊友遇上危機時連治癒光都使不出來，害盾兵失去重要的胳膊的補師。被說成殺人凶手，也是沒辦法的事。」

「……哦——」

勞皺著眉頭，搔了搔紅色的頭髮，嘆了口氣。

「我說啊，雖然妳那時的力量可能還不夠，但是在隊伍崩潰時沒辦法持續吸引敵視的盾兵，還有沒辦法抵擋敵人的攻擊手，也都有錯哦。可是那傢伙把錯全怪在妳頭上？如果那傢伙是真心那麼想的，有點讓人不敢恭維哦。」

「可……可是，補師的責任還是很重大……」

「講出『都是因為誰的錯才會失敗』那種怪罪他人的話，會變得沒完沒了的。所以就算隊伍中有人死了，也絕對不能怪其他人……這是冒險者之間的默契吧？人類做得到的事有極限，如果狀況太不利，不管是菜鳥或者老手都有可能會死。想當冒險者的人都要有這種覺悟。」

「是、是沒錯……」

但露露莉還是無法接受，支支吾吾的。世界上多的是大道理無法說得通的事。露露莉覺得自己可以明白即使失去一條手臂，還是堅持當盾兵的艾登的心情。

對艾登來說，他是因為毫無道理可言的原因，失去眼睛和手臂的。想按捺下那憤怒與怨恨繼續前進，肯定需要難以想像的動力。他之所以選擇繼續當盾兵，肯定也是為了向露露莉復仇。

「我充其量只是『有強力技能的補師』，本身什麼都──」

說到這裡，露露莉連忙閉嘴。說出這種話，等於讓勞知道自己是全靠技能，沒有實力的無能補師。

『──賦予之後就會一直自動恢復的技能？太厲害了吧。』

露露莉被選為《白銀之劍》的補師的那天，做完簡單的自我介紹後，傑特驚訝地那麼說。

不過，那是常有的反應。自從〈不死的祝福者〉發芽後，人們對露露莉的評價與先前截然不同。光是說明技能，每個人都會眼神一亮地稱讚她好厲害。但露露莉無法接受那些讚美。得到這種技能，不是自己努力的結果，只是單純的神的禮物。

「……」

勞看著沉默不語的露露莉，半晌後，粗魯地揉起她的頭髮。

「哇啊!?」

「不管怎麼樣，被只會拿往事來酸妳的小家子氣男人說殺人什麼的，根本用不著在意啦。比起那種傢伙說的話，我更相信實際相處到現在的妳。」

「……」

露露莉沒有把頭髮梳理回去，只是垂下眼簾。

一個月前，與魔神戰鬥時也是這樣——雖然勞平常總是一副吊兒郎當的模樣，但其實很注意同伴的情況。說不定早就看穿露露莉的不安了。

但勞似乎真的就正面意義地不在乎露露莉被說成什麼樣。這證明露露莉身為《白銀之劍》的一員，已經與他們建立了濃厚的信賴關係。

所以，露露莉大可一如既往地生活，不需要為當時的事感到煩惱。

明明不用感到煩惱的。

「什、什麼嘛，這樣不就顯得為這件事煩惱的我像笨蛋一樣嗎！」

「嘿──原來妳也有會煩惱的時候啊。」

「當然有了！」

露露莉鼓著腮幫子，把臉撇向一旁，勞得逞似地壞笑起來。真的一如往常到令人跌破眼鏡的程度。

「當然有了……」

儘管如此，不對，正因如此，露露莉的心裡才會愈來愈不踏實。

我真的可以待在這裡嗎？

自己會不會又背叛了他們的信任，害他們失望呢？自從上次與魔神戰鬥後，偶爾閃過心頭的不安，在與艾登重逢後變成明確的焦慮。愈是去想，愈是深刻，且逐漸擴散、膨脹。

「……」

雖然如此，假如繼續對勞哭訴，也只會令他感到厭煩吧。露露莉小聲道謝後，把視線移向窗外。已經看得到冒險者公會總部無機質的外牆了。

自己會不會有一天，再次成為「殺人凶手」？這令露露莉恐懼得無法自拔──

17

抵達公會總部的露露莉與勞，前往傑特指定的訓練場。

「危險的特訓，會是什麼呢……」

露露莉不安地喃喃道。

就冒險者、就盾兵而言，傑特都非常可靠，但他的信念基礎總帶著「自我犧牲」。雖然正因為有那樣的覺悟，他才能成長為公會最強的盾兵，可是身為補師，露露莉常為他的戰鬥方式捏一把冷汗。

「既然說是危險的特訓，就表示真的很危險吧……」

勞嘴上這麼說，也許是和露露莉一樣感到不安，他的表情似乎有點無奈。

「雖然隊長看起來很正經，但其實根本少了好幾根筋……就各方面來說——」

砰！劇烈的爆炸聲蓋過了勞的話語，同時，中庭附近迸現強烈的紅色閃光。

「……訓練場!?是隊長嗎!?」

勞大叫著朝訓練場疾奔，露露莉也連忙追了上去。

「傑特!?」

傑特正獨自佇立在寬敞的訓練場上。

由紅色光芒形成的漩渦在他周圍的空氣中晃動，時不時明滅著電光。這是發動超域技能時的發光現象。應該是因為傑特發動了技能，才會有這些紅光，可是兩人都沒有見過如此大範圍的技能光芒。

「這、這是什麼情況……」

「哦，你們來啦。」

傑特總算發現兩人，轉頭向他們招呼。雖然眼前的光景十分駭人，本人倒是一臉若無其事的模樣。露露莉見狀鬆了一口氣。

「剛才的光芒是你發出的嗎？你做了什麼啊……」

「特訓。」

傑特揮動手臂，紅色的技能光芒倏地消失。

「因為我想到一個……——啊？」

傑特正想朝兩人走近，雙腿突然發軟，失去力氣。

「——咦？」

他的身體被重力向下拉，整個人向前栽倒。

「傑特!?」「隊長!?」

露露莉與勞臉色大變，傑特整張臉貼在地板上，以衰弱的聲音模糊地道：

「站……站不起來……」

18

「「同時發動複數技能!?」」

公會總部的醫務室裡，露露莉與勞的聲音完美重疊。

躺在床上的傑特看著兩人的反應，苦笑起來。雖然猜得到露露莉一定會生氣，沒想到連勞的反應都這麼大。

「是啊。我想說同時發動〈鐵壁守護者〉和〈滿身鮮血的終結者〉的話，應該能把防禦力提升得更高——」

「你是白痴嗎!?光是重複使用技能，就會對身體造成極大的負擔了哦……!?」

不等傑特說明，露露莉就氣呼呼地大聲斥責。

「因為我從以前就有『把兩個技能一起發動的話，不是會更強嗎？』的想法了嘛……真蠢對吧？」

「必須讓亞莉納小姐知道這件事！我要請亞莉納小姐好好教訓你！」

「等等等等一下露露莉！妳別──」

「哎呀，還想說在吵什麼，原來是你啊，傑特。」

正當傑特臉色鐵青地拚命阻止打算離開醫務室去找亞莉納的露露莉時，一道響亮又清脆的聲音響起。一名穿著白色實驗袍的女性站在門口。

「榭麗！」

一認出對方，露露莉立刻撲到那名穿著白色實驗袍的女性──榭麗身上哭訴：

「妳也來罵一下傑特吧！傑特是笨到不行的大笨蛋！」

「哎呀，你又弄哭露露莉啦？傑特。」

榭麗將露露莉抱進豐滿的胸口，興味盎然地朝傑特走近，將臉湊到他面前，毫不客氣地以手指抬以他的下巴，觀察起來。

「哦、哦，是過度使用技能造成的症狀呢，差不多是第二級吧。」

濃密纖長的睫毛、端麗的大眼近在眼前。榭麗柔順亮澤的秀髮在腦後被紮成馬尾，有著胸大腰細的婀娜身材，年紀還不到二十五歲，器量又好，是公會總部排名前五的美女。儘管被這樣的她以熱切的眼神凝視，傑特也只是嘆氣。

其實榭麗是公會的研究部門的一員，而且還是研究遺物的第一把交椅。

例如「引導結晶片」或「幻象建構裝置」，都是她的傑作。榭麗能應用遺物中的技術，製造超越這個時代的道具，是研究部門的超級精英——雖然她如此優秀，但同時也是個有點奇怪的怪胎。

「過度使用技能造成的傷害，可以分成好幾個等級哦。」

除了研究遺物，基於「個人興趣」，榭麗也投注了相當多精力研究技能。她傻眼似地大大嘆了口氣，主動說明起來：

「一般所謂的技能疲勞——全身出現明顯的倦怠感或無力感，是最輕的症狀。繼續使用技能的話，身體就會出現顯著的異常，例如意識模糊、五感失常、身體出現劇痛。這些是身體發出的最後警告哦，假如無視警告，繼續使用技能，就會造成內出血、器官破裂或功能受損，最嚴重的是休克至死，或出血過多而死。」

「慢著慢著慢著。」

見露露莉臉色蒼白，一副快昏倒的模樣，傑特連忙阻止榭麗說下去。

「喂榭麗，不要嚇人啦。我本來就知道會有那些後遺症了。」

「是嗎？既然你是有自覺地做的，那可以做得更徹底，就能成為最有趣的研究對象了呢……真可惜。」

「……」

榭麗發出銀鈴般的純真笑聲，說著冷血的感想。沒錯，她是把耐力和恢復力高的傑特，看成絕佳實驗對象的變態。

「先不講那個了，妳來這裡有什麼事？」

傑特搶在她又冒出什麼詭異想法前轉移話題。

「對了對了。」

榭麗一拍雙手，想起自己來這裡的原因，開始在實驗袍的口袋中摸索。

「我啊，在上次你們放在我們這兒的東西裡發現有趣的事實，所以去向公會會長做報告。聽說你們剛好也在總部，想說直接過來告訴你們我的發現……來，這個。」

她說著，以稀鬆平常的態度拿出一顆拳頭大小，反射著暗沉光芒的黑色石頭。

不，那不是普通的石頭。那是一個月前，白銀在隱藏迷宮「白堊之塔」中遇見的魔神席巴胸口的，魔神的心臟。

「等一下等一下！妳怎麼拿那麼危險的東西過來啊！」

勞連忙抱起露露莉，躲到房間的角落。傑特接過黑色的石頭，沉甸甸的，表面有被亞莉納敲出的裂痕。

「知道什麼了嗎？」

「這確實是魔神的心臟……不對，應該說，這是魔神的核心——本體才對。」

「……本體？」

「你拿近一點看看，雖然看起來是黑色的石頭，但其實那不是顏色哦。」

傑特依言把石頭拿到眼前，仔細觀察起黑色的石頭——不對，「魔神核」。

「——!?」

注意到的瞬間，傑特全身發毛。

他差點把魔神核扔出去，又臨時住了手。他再次看著那魔神核，可是已經沒有拿近細看的心情了。

因為「黑色」在魔神核中蠢動不已——只能這樣形容。有如無數的蟲子聚集在一起蠕動似的，就是那種噁心的感覺。

「那……那是什麼啊？」

「那些全部都是魔法陣哦。」

「魔法陣……？」

「把文字寫在文字上，重複好幾次後，就會變成一團黑，看不出寫過什麼了對吧？這個魔神核中塞滿了不計其數的魔法陣，所以才會變成全黑哦。」

魔法陣，這個詞使傑特想到什麼。

「那些魔法陣該不會——是神域技能的魔法陣？」

亞莉納的神域技能〈巨神的破鎚〉發動時，都會出現魔法陣。與武器具現化一樣，都是超域技能沒有的特徵。

「應該吧。數不清的神域技能被塞在這魔神核裡，很驚人對不對？是到目前為止分析過的遺物中最不得了的呢。」

儘管是極為嚴肅的事，樹麗的聲音裡卻透露著雀躍。

「然後啊，也因此出現一個疑問哦——既然魔神席巴的魔神核中有多到數不清的神域技能，為什麼他只用了三種而已呢？」

樹麗的聲音又高了幾個音階，顯得十分興奮：

「〈巨神的暴槍〉、〈巨神的妒鏡〉、〈巨神的裁劍〉……魔神核裡明明有那麼多技能，席巴使用的卻只有那三種。一般來說，不是會把魔神核裡有的所有技能都使出來嗎？可是就算他快被處刑人殺了，也沒有使出其他技能，這樣太不合理了。」

「的確是呢……」

「所以啊，我有一個假設。其實席巴不是不使用其他神域技能，而是不能使用。也就是說，必須滿足某些條件，才能使用魔神核中的技能。」

「條件？」

「沒錯。例如魔神親手殺死的人類數量——也就是『吃掉的靈魂的數量』，等於他能使用的技能數量，之類的。」

傑特瞪大眼睛。

「這麼說來……死在白堊之塔的是魯費斯的隊伍……其中一人是被魯費斯殺死的，另外三人是被席巴殺的。而席巴能使用三種神域技能……數字對得上呢。假如魔神是以人類的生命為動力來源，會有這種關聯性也很合理……」

不只如此，席巴還把「殺人」稱為「吃靈魂」。

「對魔神來說，人類是使用神域技能的引子……？」

「如果這個假設正確，魔神殺的人愈多，能使用的神域技能就愈多，也會變得愈強哦。假如那種東西出現在城市附近……人類就只能滅亡了呢！」

「……」

明明是極為嚴重的問題，榭麗卻因如此有趣的研究對象，而露出陶醉的神情。她笑容滿面地對傻眼的傑特說：

「順便告訴你，聽完剛才那些話後，公會會長的臉色和你一樣難看哦。」

「那也是當然的……」

「不早點找出『黑衣男』，可能會很危險哦？」

「……」

「黑衣男」。

聽聞榭麗隨口說出的話，傑特露出苦澀的表情。

公會已經從前天在永恆之森捉到的艾登那裡，問出了一些消息。艾登等人沒有接觸過魯費斯，關於神域技能的消息，是從不知長相的「黑衣男」那兒聽來的。告訴魯費斯關於魔神的事的，可能也是那個「黑衣男」，公會是如此認為的。

「……『黑衣男』嗎……」

把假訊息告訴魯費斯和艾登等人，加以操縱他們，在幕後企圖使魔神復活的人。

根據艾登的說法，黑衣男是個幽靈般的傢伙。他穿著殮衣般的漆黑長袍，突然出現，說完要說的話後，又突然消失。除了具有男性特有的低沉嗓音之外，艾登他們對黑衣男一無所知。艾登等人從黑衣男那兒聽說「有能獲得神域技能的遺物」的情報後，開始散布謠言，打算利用冒險者們找出祕密任務，發現隱藏迷宮。

「該不會是對這個世界懷著怨恨的幽靈吧？所以才會想讓魔神復活，毀滅世界！之類的？」

「怎麼能讓世界毀在幽靈手上呢……」

傑特重重嘆氣。

真是的，先人幹嘛留下那種亂七八糟的遺物啊？傑特無法不在心裡抱怨。

19

「——魔神，嗎？」

公會總部的最高樓層，某個特別的房間內。

地板上鋪著以稀有的獸毛織成的高級地毯，門口站著數量多到驚人的警衛，房間內空無一物，唯獨中央有一張工匠製作的厚重圓桌。這房間被稱為「謁見廳」，很少有機會使用。

公會會長葛倫跪在謁見廳的地上，垂眼回答：

「是的，名為魔神的存在。」

三名男女坐在圓桌前。他們的地位與一般人截然不同。

兩百年前，赫爾迦西亞大陸充斥著魔物的時代，最早來到這片大陸，展開攻略的四人——分別擁有【劍聖】【聖母】【守護者】【大賢者】的固定稱號，合稱為「四聖」的冒險者之祖。

在場的，是繼承了四聖的血脈，被稱為第四代四聖的人們。

初代四聖也是冒險者公會的創始人，繼承了他們血脈的第四代四聖不用說，在冒險者公會中自然是最頂點的存在。雖然實務上經營的權限在公會會長葛倫手中，可是他的權限仍然不及四聖。

不對，四聖不只創立了冒險者公會，還在這片大陸上建造了人類的城市，並看顧著大陸的人們直到現在，可以說是赫爾迦西亞大陸徹底的王。

「魔神不用說，『祕密任務』居然也是真的，實在太有趣了。」

說話的是四聖之一，外表穩重，有一頭長白髮的初老男人。他是第四代的【劍聖】。

今天是一年一次對四聖進行例行報告的日子，葛倫趁機提起一個月前出現魔神的事。

「接下祕密任務後，就會出現隱藏迷宮，而且迷宮中沉睡著特別的遺物……嗎？多美好的夢想啊。本以為是冒險者幻想出來的可愛故事，居然在現實中發生了。」

「四聖大人知道祕密任務的事嗎？」

葛倫安靜地向四聖發問。

說到四聖，就是這片大陸上歷史最悠久的冒險者家的子孫。兩百年來，他們擁有的知識與技術一脈單傳，並且被神聖化。其中也不乏不曾公開過的機密歷史。假如真的有人早就知道「祕密任務」的存在，應該就是四聖吧。

可是聽到葛倫的詢問，【劍聖】卻皺起眉頭：

「很遺憾，我從前代那裡繼承知識時，並沒有聽說過祕密任務的事。建立名為『任務』的系統，管理進出迷宮的冒險者的，是我們的祖先。既然名字中有任務兩個字，我們四聖就該有所耳聞，可是我從來沒聽說——你們呢？」

【劍聖】向另外兩人發問。

「我也沒聽過呢。」

慢條斯理地回話的，是第四代的【守護者】。雖然他與初老的【劍聖】都屬於第四代，但他還相當年輕。

雖然身上流著兩百年前的持盾者的血脈，可是與高大壯碩、體毛濃密的前代完全相反，這一代的【守護者】纖瘦白皙，而且五官就像雕像般精緻，看起來像風一吹就倒的美少年。

「我本來也以為只是編出來的故事。如果真的有『祕密任務』，而且隱藏迷宮中還沉眠著名為魔神的可怕存在……我們一定會繼承這些知識才對。為什麼從來沒聽說呢？真是不可思議。」

「我也沒聽說哦！」

一道活潑的孩童嗓音，蓋過了【守護者】慢悠悠的說話聲。

雖然在歷代四聖中，第四代【守護者】算是年紀很輕就繼承名號的，但這一代有年紀更小的，最年輕的四聖。

「就連我這個【聖母】也沒有聽說過哦？這件事聽起來很可疑呢！」

是第四代的【聖母】。

謁見廳中，歷代四聖使用過的其中一張椅子上疊放了三枚椅墊。第四代【聖母】——一位年幼的少女正坐在那張椅子上，勉強將小臉露出桌面。

她的年紀還不到十歲，長髮及腰，眼睛如人偶般可愛，上揚的眉尾給人好勝的感覺。總算能以四聖之一的身分發言，她有點得意地挺胸道：

「而且說起來，『四聖書』中，根本沒有關於魔神的記載哦。」

「……原來如此。」

四聖書——兩百年前，從初代四聖踏上赫爾迦西亞大陸的那天起，由歷代四聖代代傳承、記錄的，這片大陸的「完整歷史」。

「四聖書裡也沒有的話，就真的沒辦法了呢。」

「倒也不一定。因為我們繼承的四聖書並不完整。雖然這件事確實嚴重——但光憑我們的意見做結論還為時過早。因為還有一個人沒問到，對吧？」

【聖母】看著無人的座位，略帶悲傷地說著。

「我想聽聽【大賢者】的看法。雖然他的外表不起眼，不過是我們之中學識最淵博，而且熱心研究的人。假如是第四代【大賢者】，說不定會知道什麼。」

圓桌周圍的四張椅子上，有一張是空著的。

【大賢者】——十多年前，在沒有知會任何人的情況下，毫無徵兆地消失的第四代四聖。

起初，有人懷疑他被綁架或暗殺，冒險者公會也派出了大量人手打探他的行蹤，可是一無所獲。關於他的事，就在生死不明、消失原因不明的情況下過了十幾年，直到今天。

四聖們不知不覺間開始離題。

「果然該處理一下【大賢者】的空缺問題嗎？畢竟他生死不明，總不能一直缺席下去吧？而且四聖書原本也應該由歷代【大賢者】記錄才對……」

「【守護者】，你別隨便說那種話。若斷絕四聖的清淨血統，隨便找個人賦與【大賢者】的稱號，一點意義也沒有！再說，像【大賢者】那麼厲害的人，不可能什麼訊息都沒留下，便死在不知名的地方。」

被【聖母】強勢斥責，【守護者】困擾地垂著眉尾。

「話是這麼說，可是【大賢者】真的音訊全無啊。反過來說，像【大賢者】那麼厲害的人，十多年來沒有任何聯絡，反而才不可思議吧？」

「你想說【大賢者】已經死了嗎!?」

「冷靜點吧，【聖母】。」

【劍聖】安撫著兩人。

「決定四聖如何，是我們的職務。關於【大賢者】的失蹤，我們早就決定好把位子空著，等他回來了才對。再說，現在不是討論這個的時候。」

「……」

被這麼一說，【聖母】反省似地低下頭。好險。葛倫在心中鬆了口氣。就如同【劍聖】說的，現在最需要四聖關注的，是魔神的事。

也許是察覺到葛倫的心情，【劍聖】以溫柔的眼神看著他，說道：

「而且也別太讓我徒弟感到困擾——是吧？」

不只四聖書，四聖擁有的其他知識與技術一向一脈單傳。但只有【劍聖】的血脈較為特別。為了栽培後進，會積極地把技術傳授給沒有血緣的人。

也就是採用師徒制的意思。而第四代【劍聖】，正是葛倫的師父。

「【劍聖】，請您別在這裡提到私人關係，說不定會被認為我們有營私勾結的嫌疑……」

葛倫戰戰兢兢地提醒。在謁見廳裡，不能以本名稱呼四聖。因為他們是象徵性的存在，就某方面來說已被神格化，若將對方以個人的身分來對待，是相當無禮的事。

葛倫方才說的話，當然也差點越界，但【劍聖】看起來毫不在意地笑道：

「哎呀，說的也是，是我失禮了……話說回來，只能以稱號稱呼彼此的這種老古板習慣也該改改了，實在很令人喘不過氣呢。」

【聖母】和【守護者】似乎也同意他的話，雖然沒有說出口，不過都用力點頭。

「總之就是這樣。現在禁止討論關於【大賢者】的事——不能再離題，要認真面對名為魔神的存在。」

【劍聖】瞇起眼睛，柔和的眼睛深處亮著銳利的光芒，繼續說道：

「從公會會長的報告聽來……說得誇張點，魔神可以說是這片大陸上所有人類的危機，有可能使我們步上先人的後塵。雖然這次多虧了處刑人在場，避免了最壞的結果，但也只是機緣湊巧的結果而已。」

「只要打倒魔神不就好了？」

【守護者】的意見過於單純，使葛倫在心中皺眉。

「處刑人不是一個人戰勝了魔神席巴嗎？既然如此，他應該也能對抗其他沉眠的魔神吧……會長，你覺得呢？」

「目前無法保證處刑人一定能獲勝。我問過處刑人本人，但他說『我也不知道是怎麼打贏的』。」

雖然本人其實是回答「以被妨礙加班的仇恨之力」，但葛倫說不出口。

葛倫在心裡訂正，回想著從亞莉納那裡聽來的話。一開始時，她與魔神席巴的力量可說平分秋色，雖然就結果來說是亞莉納勝利了，但為什麼能擊敗理應實力不相上下的魔神，就連亞莉納自己也不知道。

「……哦？」

原本慢條斯理的【守護者】微微揚起眉尾，瞇起眼睛。

「是以連自己都不知道的力量獲勝……的意思嗎？」

「是的。光靠一種神域技能，打敗能使用複數的神域技能，而且肉體強韌到能反彈神域技能的魔神——也只能以『奇蹟』稱之了。所以，我認為全然仰賴奇蹟是很危險的。」

「話說回來，處刑人究竟是誰？」

來了。意料中的問題，使葛倫吞了吞口水。

「連我這個【聖母】都不能說嗎？會長啊，你翅膀也硬了呢。」

【聖母】開玩笑似地瞇起眼睛道。

「……」

現在的葛倫，變成了夾在有絕對權力的「四聖」，與亞莉納殺人級的怪力技能之間的夾心餅乾。

說出處刑人的真實身分，亞莉納肯定會暴怒。如果是那女孩，就算對象是四聖，也一定會不客氣地發飆。不，其實真正恐怖的不是她的戰鎚制裁，而是從此失去她的信任，再也沒辦法找她做事。

對葛倫來說，還有不少事需要亞莉納幫忙。

「我答應過處刑人，不能把他的事公開。如果到必要之時，還是會有相應的調整，但如果不是那種情況，我想盡可能地尊重他的意願。」

「他的意願？」

「他希望過著與戰鬥無緣的平穩生活。」

「是這樣啊？和傳聞中的感覺差很多呢……我也聽過不少關於處刑人的傳聞哦，總覺得他是熱愛戰鬥的狂人。」

也許對處刑人很感興趣吧，【守護者】從剛才起就雙眼發亮，不斷地問著關於處刑人的事。

「他不是會突然出現在攻略不下來的迷宮中，單獨打倒頭目嗎？而且我聽說一個月前，他打倒出現在伊富爾的團戰頭目後，還拒絕接受公會提供的報酬。從這些傳聞聽來，他根本是只為了戰鬥而生的男人……！然而他卻嚮往平穩的生活，這樣太矛盾了。」

「那是……因為……必須滿足一定條件……處刑人才會出現。」

「一定條件？——啊啊，原來如此。是這樣啊……呵呵呵。」

【守護者】有些開心地自語著，幾秒後，他露出靈光一閃的表情，雙眼發亮：

「我知道！我知道處刑人在想什麼了!!」

柔弱的美少年突然發出與外表不搭的吼叫聲，只見他吐著鼻息，興奮地探出身子：

「想要保護重要的人時，人們會拿起劍，舉起弓。處刑人一定也是那樣的人！為了想保護之人而戰，不需要其他理由！若一味地躲在平穩的日常生活中！無法保護心愛的人！好熱血！真是太熱血了!!」

【守護者】愈說愈興奮，最後甚至將腳踩在桌上，高舉雙手，仰天握拳。

「「「……………」」」

其他人都因【守護者】突然變了個人而僵住，可是本人並沒有發現。從兩百年前起就為了保護同伴而舉起盾牌的歷代【守護者】，當然都是重情重義的人，外表通常也長得很熱血——儘管這一代的【守護者】外表是沉穩美少年，但內在果然還是流著熱血的血脈。

「既然不是為了名也不是為了利而戰，當然就是這麼回事！處刑人是男人中的男人!!」

【守護者】正目光閃閃地大叫時，一旁傳來冷淡的聲音潑他冷水。

「閉嘴，【守護者】。你太躁熱了。」

「……」

被年幼的【聖母】冷冷一喝，【守護者】總算回過神，如消了氣的皮球般坐回椅子上。

「對不起，我太激動了。」

【守護者】裝可愛地吐了吐舌頭，葛倫無言，但原本無奈的【聖母】倒是用力點頭。

「不過【守護者】說的有道理。療癒之力也一樣，母親大人說過，在為他人使用療癒之力時，有時會發揮出超過實力的奇蹟之力。處刑人一定也是以強大的意志產生奇蹟，因而打敗未知的魔神！多麼感人啊！」

「…………嗯，是啊。」

見四聖因處刑人的事跡而大受感動，甚至將其化為美談，葛倫只能含糊地回應。

促使他——不，促使她發揮力量的原動力，是加班。

加班使她成為狂戰士（Berserker），拿起武器，前往迷宮。這麼一想，比起「為了他人」那種輕飄飄又不確切的動機，她的狂暴開關非常明確。

「行了，我們又離題了。」

咳嗯！【劍聖】咳了一聲，拉回話題。

「假如知道消滅先人的魔神的存在，伊富爾……不，整片大陸的居民都會陷入不安。過度的不安可能引起暴動，所以必須慎重處理這個情報。就這點來說，隱瞞魔神的存在，是明智的判斷。」

【劍聖】一面稱讚葛倫，眼中亮起銳利的光芒繼續道：

「話雖這麼說，這並非冒險者公會可以獨自解決的問題，也是事實。所以應該作為機密情報，與情報公會、鍛造者公會……所有公會會長共享才是。我們的力量與技術都不及先人，不團結起來的話，絕對無法解決這件事。」

【劍聖】凝視著葛倫。不是以充滿王者威嚴的眼神，而是看著努力向上爬到公會會長地位的愛徒的眼神。

「接下來就交給你了，葛倫。」

20

「亞莉納小姐，這是最後了哦！」

百年祭前一晚，深夜的伊富爾服務處辦公室。傑特把處理完畢的一疊文件交給亞莉納，意氣風發地道。

「欸？」

正在認真計算委託案件數量的亞莉納，傻傻地應了一聲，抬起頭來。

「……最後？」

「是啊。這疊委託書是最後的了。已經沒有別的工作了。」

「……沒有……工作……？」

也許是難以置信，亞莉納茫然地環視辦公室。她桌上有好幾個空魔法藥水瓶。由於已經是百年祭的前一晚了，亞莉納只顧著做最後衝刺，完全沒有多餘的心力注意周圍的情況，所以這也是當然的結果。

辦公室的模樣與幾天前截然不同。原本如戰場般凌亂的室內，如今變得窗明几淨，處理完的文件也整齊地排放在該放的場所。

「哦……哦……!?」

喀嗒！亞莉納要掀翻椅子似地猛地站起，總算有了真實感。接著她膝蓋一軟，跪在地上，高舉雙手，握著拳頭，仰天長嘯。

「做完啦啊啊啊啊啊────!!」

亞莉納吶喊了好一陣子，眼眶微溼，聲音感動到微微發顫。

「沒……沒想到真的能做完……！嗚、嗚、謝謝神明……！」

「因為最近的委託少了很多嘛。再說──」

傑特轉動著久坐僵硬的肩頸，滿意地笑道：

「今年的百年祭，沒有特別獎金期間，對吧？」

「沒錯!!」

亞莉納雙眼發亮，從辦公室的的告示板上抽起一張公告。那是公會總部發給櫃檯小姐的通知書，上面大大寫著幾個字：

「本年度百年祭特別獎金期間中止通知」。

中止的原因，是為了使因謠言橫行而過度狂熱的接案氛圍冷靜下來，考量到未知的祕密任務的危險性……等等。簡單來說，就是給三番兩次無視公會的呼籲，自顧自地失控的冒險者們的一點小教訓。

「呵……呵呵呵呵……沒有特別獎金的話，就不會有特地在百年祭那幾天來接委託的傢伙了……贏了……我完全，贏了……！神是愛我的……！」

「是啊。這樣一來，百年祭的那幾天，應該也不用加班了。」

就算說是一點小教訓，但最近打從心底相信有「能獲得神域技能的遺物」的冒險者也變少了，人們開始把那當成茶餘飯後的話題。既然熱度消退，各部門的長官似乎便覺得不該中止特別獎金期間，可是葛倫以公會會長的權限，強行通過了這個決定。

這應該是他向亞莉納道謝的方式吧。

「那我們走吧，傑特！」

一明白沒有其他工作，亞莉納立刻以最快的速度計算完案件總數，理所當然地說道。她在短短幾秒內做好回家的準備，已經拿出鑰匙，準備鎖上伊富爾服務處的大門。

「咦？要去哪？」

傑特不禁傻傻地發問，隨即得到意想不到的回答。

「加班地獄結束後，該做的事當然只有一件啊！——去喝酒！」

「…………………咦？」

有那麼一瞬，傑特無法理解自己聽到了什麼。

他張著嘴，眨了兩次眼睛，在腦中反覆咀嚼亞莉納的話，半晌後，總算意會過來——

「咦咦咦咦咦咦咦咦——!?」

這次換傑特驚愕地大叫出聲。

那也是當然的。亞莉納主動邀自己喝酒——本來以為再過一百年也不會發生的事，突如其來地造訪了。

「咦，我在作夢嗎？平常亞莉納小姐總是只說一句『辛苦了』就直接回家不是嗎……!?我明天要死了嗎??」

「不去的話我就一個人去了。」

「我、我要去！」

傑特二話不說地答應，追著亞莉納，前往深夜的市區。

21

結束了連續幾天的謁見後，葛倫一臉疲憊地回自己辦公室。

「啊，辛苦了，葛倫。」

一名女性坐在會客用的沙發上，迎接葛倫的歸來。

「哎呀，你又老了？」

那女性一看到葛倫，立刻嘻嘻笑著開起沒禮貌的玩笑。葛倫用力皺眉。

「半夜來這裡有什麼事？潔西卡……」

唉——他長嘆一聲，不情不願地在女性對面的沙發坐下。

及腰的大波浪長髮，曲線曼妙的緊致腰身，大膽地露出充滿誘惑力的大腿的褐色肌膚女性——潔西卡，在見到葛倫厭煩的表情後，愉快地瞇起眼睛。

「你也不必露出那麼嫌棄的表情嘛？難得我這個……情報公會會長潔西卡小姐親自來找你哦？」

「雖然我們認識很久了，不過妳親自來準沒好事。有事快點說，說完快點回去。」

「真冷淡──潔西卡小姐要生氣氣囉──」

「……」

「呵呵，開玩笑的。我今天是來談正事的。談・正・事！」

潔西卡說完，現寶似地把某種物體放在桌上。是一本書。

「書……？……不對，這是……！」

一見到那本書，葛倫的疲勞倏地消失無蹤，下意識站了起來。見到葛倫的反應，潔西卡滿意地笑了。

「討厭啦，反應這麼激烈。」

這也是當然的──因為潔西卡拿來的書，封面上壓印著金色的文字。

那些金色的文字似乎是後來才硬加在原本的書皮上的，文字本身的位置有點偏離，甚至印到了書背部分。這種不自然的模樣，只有一個可能。

「祕密任務……!?妳從哪弄到的!?」

情報販子，如其名是以處理情報，將情報作為武器賴以為生的人。

他們會尋找、收集珍貴的情報，標價賣給有需要的人。而統領所有情報販子的情報公會，握有所有的情報。

但葛倫沒想到，他們居然能找到這種東西。

潔西卡交叉雙手食指，做出打叉的手勢，抵在激動地逼近的葛倫面前。

「情報販子有保密的義務——！這是我以超機密管道弄來的哦♡」

葛倫總算稍微恢復冷靜，深深地坐回沙發上。

「……所以……祕密任務不一定是全都封印在遺物裡嗎？」

一個月前，是因為藏有祕密任務的紅水晶（Red Orb）被亞莉納破壞，隱藏迷宮「白堊之塔」才會出現。由於遺物是目前最堅硬的物質，除非有亞莉納那種超越凡人的怪力，否則難以以物理方式破壞，非常適合用來藏匿祕密。因此，葛倫一直認為祕密任務全都被封在遺物裡，但——

「好像是這樣呢——我本來也以為都封印在遺物裡，所以剛看到這本書時也很驚訝。」

「看起來任務還沒有被接下呢。」

根據傑特的說法，承接祕密任務時，金色的文字會浮到半空中，交待完任務內容後，文字就會消失。既然看得到金色的文字，表示還沒有人接下任務，隱藏迷宮也還沒出現。

「是啊。基於我個人對知識的好奇心，我很想試著接下任務，可是啊——『情報販子』的身分似乎不能接任務。所以對我來說，這是沒有任何用處的東西，不過——」

潔西卡重新交疊雙腿，露出妖豔的微笑。

「你想要，對吧？」

「……多少錢？」

「真是太上道了！我可以任意開價對吧？對吧？不接受的話我就把書賣給其他大戶囉♡想要這本書的人應該多到數不完呢。」

潔西卡笑得像惡魔一樣，說出了價碼。

22

「全、全都沒開……」

亞莉納怔怔地看著空無一人，只有寂寥的路燈還在發亮的寧靜街道。

「酒館全都關了!?」

趁著加班結束的勢頭，提議「去喝酒！」後離開服務處的亞莉納，見到的卻是如此無情的光景。

伊富爾是「冒險者之都」，有許多以冒險者為客群的酒館，所以夜晚總是相當熱鬧。只要客人還沒離開，酒館甚至會營業到天亮。不管夜多深，都至少會有一、兩家酒館還亮著燈，並傳出醉鬼的笑聲——

「……應該是為了準備明天開始的百年祭，所以今天提早打烊吧。」

「怎麼這樣……！」

亞莉納跪倒在冰冷的石地板上。

「太不合理了……這樣太不合理了……我明明是全伊富爾最認真工作的人，可是在加班結束後，連在酒館喝杯酒的權利都沒有……」

亞莉納絕望地呢喃著，傑特在一旁沉默地思索了一會兒，忽地拉起亞莉納的手，提議道：

「既然如此，到我經常去的店喝酒如何？」

「經常去的店？」

突然聽到令人火大的時尚詞彙，亞莉納忍不住皺眉。傑特得意地道：

「如果是那間店，現在一定還開著。妳不是想喝酒嗎？」

「……」

雖然火大，但亞莉納確實想喝酒。應該說，她想品嚐從工作解放的舒暢感。在這種時候，只要能喝酒，哪間店都好。亞莉納不情不願地答應後，傑特轉身，朝與酒館林立的地區相反的方向前進。

「？酒館大多是在這邊哦？」

「那間店是在這邊。」

傑特走進細長的小巷，小巷的最深處有通往地下室的樓梯。走到盡頭時，可以見到一盞孤獨地亮著的燈，以及一扇不大的門。

「『夜之小路亭』？哦，原來這裡有酒館啊？」

亞莉納歪頭看著靠在牆上十分不起眼的小招牌。這間店不但沒有大肆招攬客人的野心，甚至不希望有人來似地，把店開在這種沒什麼人煙的地方，還把招牌做得如此低調。

「這是《白銀之劍》常來的酒館。」

傑特推開門，門鈴清脆地響起。原本站在吧檯的初老男性來到門口，迎接客人。

「哎呀傑特先生，歡迎光——」

見到跟著傑特走進店裡的亞莉納，初老的店長微微睜大眼睛，接著開心地露出明朗的笑容。

「這位是您的女朋友嗎？」

「不是。」

被懷疑是知名又英俊的冒險者傑特的女朋友，不但沒有臉紅，甚至面不改色地一秒否認。從亞莉納的反應察覺一切，店長臉上的笑容僵住，沉默了下來。可是心靈如鋼鐵般強大的男人傑特，反而一臉開心地眉飛色舞，甚至裝模作樣地聳了聳肩。

「呵……我們的關係總算曝光了呢……」

「可以別講那種讓人誤會的話嗎……？」

「放心吧。我早就做好在我們的關係曝光時，負起責任把亞莉納小姐娶回家的覺悟了。」

「…………………………………………………………………………哦。」

「其實我滿會賺錢的，萬一亞莉納小姐失業了，我也有信心養妳一輩子！所以妳就安心地——」

嗚咕。傑特話說到一半，突然中斷。因為眼中充滿殺氣的亞莉納，以右手捏住他的嘴，以實力讓他無法說話。

「唔唔咕嗯？」

「誰要——」

「唔唔嗯!?」

「被你養啊啊啊啊————!!!」

「唔噗！」

咚！傑特躺在夜之小路亭潔淨的地板上，雙眼上翻露出眼白，不住地抽搐。

「……」

店長一邊以側眼偷瞄兩人互動，一邊努力不與亞莉納對上視線。亞莉納惡狠狠地瞪著店長。

「店長……你今晚什麼都沒看見，可以吧？」

「……嗯、嗯。本店原本就經常受白銀的各位惠顧，當然不會介入客人的隱私，或把客人的隱私說出去。」

「這間店已經開很久了，店長的口風很緊，所以可以安心地喝酒哦，亞莉納小姐。」

傑特理所當然地復活，在吧檯前坐下，順便催亞莉納也坐下來。亞莉納抿著嘴，在傑特旁邊隔一個空位坐下。

「喝葡萄酒好嗎？也順便點一些料理吧——啊，店長，麻煩給我們……」

「……」

亞莉納默默地看著傑特俐落地點菜的模樣。

「你很習慣做這種事嘛。」

「是嗎？」

傑特訝異了一下，又笑了起來。

「因為我是《白銀之劍》的隊長嘛，所以有不少和公會的幹部喝酒的機會。論資歷和年紀，我都是最年輕的，所以常做這種事，已經習慣了。」

「……!?這傢伙……!!」

亞莉納突然意識到一件事，忍不住站了起來。

（雖然早就知道這傢伙很機靈……沒想到他連「以酒交流」的技巧都學會了!?）

以酒交流——可說是工作的延伸，是一種非常麻煩的活動。

俗話說黃湯下肚，推心置腹，還能消除與上司或同事、部下之間看不見的隔閡，創造圓滿融洽的工作環境——是以這種理論發展出來的社交活動。可說是社會人士的高等技能。

雖然有不少不喜歡這種交流方式，私下認為應該消滅這種文化的人，但只要出了社會，至少會碰上一次這種事，也是事實。而且這活動最惡質的地方，是除了經常參與活動，沒有其他提升交流技巧的方法。

（所有人坐下來後，不只確認每個人想喝什麼酒，還要迅速地決定好下酒菜，絕不拖泥帶水，總之先讓所有人「乾杯」的強勢點餐術……只要稍微有點失誤，就會變成惹人厭的強勢男，可是這傢伙卻自然地做好了這一切……!?這傢伙，經歷過很多大風大浪……！）

順帶一提，亞莉納非常不擅長參加這種活動，因此開了最終奧義——除了必要、最低限度的聚會之外，全部二話不說地回絕，久而久之，便得到「她就算約了也不會來」的地位。

因為比起以酒交流的優點，從頭到尾都得察言觀色陪笑的壓力更大。話雖這麼說，世界上也仍然存在著尾牙或春酒、歡送會或迎新會、季節活動之類躲也躲不掉的交流活動。

「亞莉納小姐是真心討厭這種交流呢～」

「……你為什麼會成為冒險者……？」

感覺這傢伙一定能在一般社會混得很好。亞莉納總有些不甘心地皺眉。

亞莉納的老家，是鄉下地方的小酒館。從小到大，她見到的都是與以酒交流無緣、不拘小節又直爽的冒險者。他們在進酒館前就已經醉了，就算送上的酒或小菜與原本點的不同也無所謂，他們只是想在已經喝醉的情況下喝酒吃肉，聊在迷宮裡的冒險經歷，開懷大笑而已。

「雖然很多人認為冒險者的世界以個人實力為主，所以不需要學會什麼處世技巧，但其實不然呢。」

「是嗎……？我一直以為冒險者是從頭醉到尾的生物呢。」

「我是不否認啦……但既然做的是冒險者這種工作，在酒館時，當然會想放縱一下了。」

「……」

傑特若無其事地回答，亞莉納忽然想起某個冒險者。

小時候，和亞莉納最要好的冒險者——名為許勞德的青年。

雖然他總是說「男人就該獨自默默喝酒」，所以喜歡一個人耍帥地坐在吧檯，可是到頭來還是會被隊友或朋友纏上，笑得一點也不「獨自默默」。看著那樣的許勞德，亞莉納也覺得很開心。酒館裡沒有以酒交流那種麻煩的社交活動，也沒有社會上的拘謹，是冒險者們暢聊荒誕無稽的夢想，與無限大的希望的場所。

就像傑特說的，正因為是一旦進入迷宮，就必須面對死亡在身邊的殘酷現實的冒險者，來到酒館時，當然會想放縱一下。

連那麼小心謹慎的許勞德，都在迷宮中送了命。冒險者就是不管什麼時候失去生命，都不奇怪的職業。

「再說，我還算挺喜歡做這種事的。」

「喜、喜歡!?也太好事……!?」

「觀察整個場地、發現哪裡有異常，思考接下來該怎麼做，讓頭腦多運轉，這和擔任盾兵是差不多的事。」

原來如此，這男人天生就是當幹事的料子啊。

「……算了，總之先來慶祝加班地獄結束吧。乾杯。」

哼，亞莉納轉換心情，舉起酒杯。

「明天的百年祭，一定要大玩特玩……！」

「是啊！」

噹，響亮的聲音響起，亞莉納與傑特互撞了一下酒杯。

＊＊＊＊

「所以說……為什麼只有我……嗝……這世界太不講道理了……」

充滿活力地乾杯的數十分鐘後——傑特一面順著亞莉納的背，一面聽喝醉的她口吐怨言。

「亞莉納小姐的酒量很弱呢……」

雖然喝得很豪邁，可是第一杯酒見底時，她已經趴倒在吧檯上了。雖說疲勞時酒力弱得快，平常的酒量應該會稍微好一點吧。

「這位小姐似乎很疲勞呢。」

傑特接過店長遞來的水杯，搖了搖把酒杯當寶似地抱著、睡得香甜的亞莉納的肩膀。

「亞莉納小姐，來，喝杯水，然後回家吧。妳站得起來嗎？」

被傑特呼喚，亞莉納緩緩挺起上半身。連日加班，累積了不少疲勞的櫃檯小姐，因酒精而紅著臉，凝視著傑特，片刻後——

「許勞德？」

她小聲地發問。

「咦？」

不曾聽過的人名，使傑特吃了一驚。但亞莉納似乎把眼前的傑特誤認成名為許勞德的人，用力地抱緊了他的手臂。

「許勞德……太好了……你回來了……」

「等——」

傑特腦子差點整個空白。他努力維持住思考能力，但回過神時，自己已經抓著亞莉納的雙肩了。

「等等等那是誰!?男人!?那是男人的名字嗎!?那傢伙是誰!?」

可憐啊……傑特無視店長溫柔到憐憫的眼神，急切地逼問亞莉納。然而，亞莉納露出他到目前為止見過的最幸福的笑容。

「許勞德……我啊……成為櫃檯小姐了哦……」

「所、所以說，那傢伙是——」

「我會一直等你……來接任務的哦……」

「……！」

傑特僵住了。他一面看著再次睡著的亞莉納安詳的睡臉，想到了一個可能性。

儘管擁有神域技能這種決定性的力量，亞莉納卻完全不考慮從事櫃檯小姐之外的工作。所有人都認為她成為冒險者的話，一定能功成名就，亞莉納本人卻執著於櫃檯小姐。

難道說——

「……是為了等『許勞德』嗎……？」

傑特揹起安靜下來的亞莉納。今晚我請客……店長一臉同情地表示，傑特硬是付了錢後，走出深夜的夜之小路亭。

23

情報公會會長潔西卡離開後，葛倫一個人在辦公室，默默地看著買到的書──祕密任務。
這時有人敲門。葛倫答應一聲，祕書菲莉走了進來。
她與平常一樣，臉上沒有什麼表情，戴著與時尚無緣的銀框眼鏡，套裝穿得乾淨整齊，頭髮梳理得一絲不亂。即使見到葛倫手中的祕密任務，菲莉也沒有任何反應，只是俐落地收拾著潔西卡喝過的銀杯。
菲莉不僅是普通的祕書，還是公會會長的隨身護衛，是一流的保鑣。不會干涉保護對象做的事，也不會混入私人感情。
「您打算如何處理那本『書』呢？」
「等一下我會把它收在地下迷宮的最底層──地下書庫裡。」
「我明白了。我立刻去做準備，請稍等。」
菲莉簡短說完，離開辦公室。
「……不過，真是的……」
聽著菲莉的腳步聲漸行漸遠，再次成為一個人的葛倫搔著頭髮，低頭看著發出金色光芒的封面文字，嘆氣——

嘴角微微漾著笑容。

「沒想到居然這麼簡單就找到了。」

還得感謝潔西卡直接把書拿來與自己交易。不，自己正是為了這種情況，才會努力與情報公會建立良好的關係，取得他們的信任，成為他們的最大客戶。

「不論如何，速度都太快了吧。最近的情報販子實在太優秀了……比因謠言而躁動的冒險者有用多了。」

本來以為必須花更多時間才能找到祕密任務。或者說，真的有人偶然發現祕密任務，高額賣給情報販子？不過說實話，假如發現書的是冒險者，並且已經接下任務的話，就不需要被潔西卡敲竹槓了——算了。

「……已經找到祕密任務了。接著就是魔神了。」

一名板著臉的少女浮現在葛倫腦中。那櫃檯小姐似乎非常期待百年祭。

百年祭的前一天。在這個時間點被發現的祕密任務，讓事態發生進展——哎，真是的，神明真的很討厭那個女孩。

「那麼，這次也要拜託妳了——小姑娘。」

24

入夜，沐浴在夕陽餘暉中的伊富爾城鎮，早已擠滿了人。

亞莉納一如既往穿著毫無魅力的連身裙，表情有如作夢的少女般燦爛。她站在通往大馬路的正門前廣場上，毛毛躁躁地玩弄著早已被翻得破破爛爛的自製攻略手冊。

期待已久的百年祭，總算來臨。

「……哇啊……！」

祭典以大馬路為中心，已經搭滿露天攤販的帳篷，被遊客擠得水洩不通。空氣中充滿食物的香味，即使入夜依然熙熙攘攘，喧囂不已。攤販點亮燈光，驅除夜晚的黑暗。祭典的氛圍如浪潮般向亞莉納襲來，充斥著她的視野。

「開、開始了……」

亞莉納努力按捺著急切地想融入祭典的衝動，凝視著鐘塔。

以百年祭為主題，裝飾了許多魔法光球的鐘塔。喀嚓，粗大的長針來到最頂點，宣告下午六點整的瞬間——

叭——叭叭——！樂隊的喇叭聲盛大地響起，傳遍整個伊富爾。

同時，事先準備好的魔法光飛到天空，發出震耳欲聾的聲音，在暮色的天空綻放數不清的巨大煙花。光點並沒有消失，而是如雪花般飄落在地上。掛在大街上的祭典用裝飾燈也一下子全部亮了起來，原本在明亮的陽光下進行的「日之慶典」搖身一變，露出夜晚的面貌。

在如此華麗的演出下——百年祭第一天的夜之慶典開始了。

「哇啊啊！哇啊啊啊！」

亞莉納憔悴的臉一下子變得容光煥發。最近幾天累到快死的無神雙眼，不但再次亮起光芒，而且還變得如寶石般燦爛。總是緊鎖的眉心也因喜悅而舒展，原本緊繃的臉蛋泛起潮紅，儼然是十七歲少女該有的表情。

憧憬已久的景色，總算出現在眼前。

看似很近，卻又很遙遠。真的非常遙遠。抵達這裡的路不但漫長，而且坎坷難行。亞莉納經歷了千辛萬苦，總算抵達這裡。

夢想中的，百年祭——！

「快、快點！我們快走吧！傑特！」

亞莉納興奮地叫著，可是沒有人回應。亞莉納轉頭一看，見到有如中了石化咒語般僵在原地的傑特。他張著嘴，怔怔地看著亞莉納，幾秒後搖晃地向後倒下。

「怎、怎麼了……？」

果然連這男人都撐不過那種加班地獄嗎？亞莉納一面想著，端詳傑特的臉，沒想到他卻露出享盡天年的安詳微笑，把雙手交疊在胸前，呼——地長吁了一口氣。

「……」

「我……已經……光是能看到亞莉納小姐露出這樣的笑容……就已經死而無憾了……」

「是了，亞莉納小姐其實是純真的女孩子呢……！雖然因為工作累積的疲勞和加班，所以性格出現了一點偏差，但其實是這麼可愛的呢……！」

「……你、你少囉唆。」

亞莉納事到如今地想起自己剛才雀躍的模樣，總算恢復自我。儘管她努力裝出平常那種冷淡的態度，但還是贏不了想參加祭典的心情，扯著再次起身的傑特的袖子。

「不要說蠢話了，我們快走吧，時間有限哦——昨、昨天被你請客，又讓你送我回家，所以今天換我請客。」

「不用在意那些啊。」

「我不想欠你人情！」

亞莉納以犀利的視線，看向熱鬧的祭典。

「我要從裡到外……稱霸這個祭典!!」

25

城裡正因百年祭而熱鬧無比之時。

露露莉走在昏暗陰冷的石造走廊上。

「吶——露露莉，今天明明是快樂的百年祭……為什麼我們要來這種陰沉沉的地牢啊？」

一旁的勞沒勁地抱怨著。

雖然嘴上說想去祭典，但他好好地穿著魔導士的長袍，腰間插著魔杖，一副隨時能戰鬥的模樣。露露莉也同樣穿著攻略迷宮時的完整裝備。但他們的所在之處，並非迷宮。

「有、有意見的話就不要跟來啊。」

這裡是離公會總部有段距離的森林……中的地牢。

與公會總部相同，這地牢也是利用已經攻略完畢的S級地下迷宮建成的。

總共有三十四層，其中十層是囚禁凶惡罪犯的樓層。這座迷宮總共花了五十年以上的時間才攻略完畢，即使只看公會紀錄的人數，也有超過一萬人的冒險者挑戰這座地下迷宮，並在此殞命。是如字面意義的魔宮。

「是你自己要跟來的。」

「當然啊，既然知道妳要去見艾登……而且妳還特地告訴我要去見艾登，不就是想要我跟來嗎？」

「才才才才不是呢！」

他說的沒錯，不如說完全正確。被勞說中的露露莉因為太過動搖，氣呼呼地豎起眉毛。

「算了，你快去祭典啦！」

「我知道啦我知道啦，不要再鬧彆扭了，我會陪妳的。」

「不、不要把我當小孩子！」

露露莉揮開勞放在自己頭頂亂揉頭髮的手，鼓起腮幫子。但她確實希望勞陪自己，所以不再多說，轉移話題。

「……其實，想進入這座地牢的話，需要花上一、兩個禮拜的時間——」

假如想與地牢中的囚犯見面，走正常程序的話，必須先向公會提出正式的申請書，經負責單位審核後，送到各部門，請主管與公會會長核准蓋章後，才總算下達核可，相當花時間。

「不過公會會長說，因為今天總部在忙祭典的事，所以我們可以先去見面，其他部門主管的章事後再補蓋就好……祭典明天再去，所以……」

露露莉捏緊勞的長袍。

「我想今天去見他……」

「……」

勞搔了搔頭髮，嘆道：

「見了艾登，妳想跟他說什麼？」

「……」

「我啊，可不覺得能和打從心底相信隊伍全滅都是補師的錯的傢伙，溝通什麼哦。」

「……我知道。可是，我也一直在想，假如那時候我能做出正確的判斷，或者超域技能已經發芽，說不定大家就不會死了……上次和魔神戰鬥時也是，我什麼都做不到……」

露露莉咬著嘴唇，勞再次嘆氣。

「啊——補師的個性還真麻煩耶……先說哦，不管你們談成怎麼樣，我都不會插嘴，也不會幫妳哦？因為我是完全無關的外人。這樣可以嗎？」

「這、這樣就好了！」

露露莉的聲音拔高幾分，鬆了口氣。勞把頭撇向一旁，看著空無一物的半空中，安靜地道：

「吶，露露莉。」

「什麼事？」

「不管妳有什麼過去，現在的隊友都是我們。我們根本不認為妳是沒用的補師或殺人凶手——要記住這點哦。」

「！」

露露莉倒抽一口氣。

雖然勞裝得若無其事，說這些話時也不看著自己，但這些話比什麼都溫暖，都溫柔。就算知道自己過去的失敗，仍然願意說這些話。有這樣的隊友，使露露莉覺得很開心。

明明是這樣。明明是這樣——可是勞的話，深深刺在露露莉的心裡。

啊啊，他們好溫柔。

溫柔又優秀，好到這麼狡猾的自己配不上的程度。而且還能理智地分辨是非。比起來，一直惦記著過去、裹足不前的自己顯得更難堪了。

露露莉也知道一直想著過去的失敗沒有意義。就算再怎麼對艾登解釋，他也不會說出露露莉希望聽到的話。而且說起來，尋求他原諒這件事本身就很沒道理了。

可是，雖然理智上知道這些，但心情上還是不能接受。希望他能原諒自己，至少讓自己說句對不起。到頭來，露露莉只是想自我滿足而已。而且還無法控制這種不成熟的心情。

自己果然是狡猾的人，一點也不適合當補師。

「……」

——魔神。

在那場戰鬥中，露露莉被奪走作為補師的技能，所以什麼都做不到。假如亞莉納沒有趕來，所有人早就全都死了。

自己是隊友們眼中優秀的補師。可是他們沒有發現，假如沒有技能的話，自己有多麼沒用。希望他們不會發現，一直維持美麗的幻影——

直到結束。

「……過去這段日子，謝謝你了，勞。」

「啊？妳說什麼了？」

「沒事。」

百年祭結束後，放下魔杖吧。

露露莉下定決心。

百年祭結束後，告訴公會會長，自己想辭去冒險者、補師、白銀的工作。

與魔神的那一戰，使我失去信心，覺得自己沒有辦法背負白銀補師的重荷——只要說這種常聽到的藉口，裝出消沉的模樣，他們就會理解了。因為他們很溫柔，所以會體諒自己的心情。而我，就是打算利用那溫柔。

要變得更強，努力與魔神抗衡。丟下那麼想的他們，夾著尾巴逃走的話，他們一定會出自內心對我感到非常失望吧。

沒關係。因為我是狡猾的人。與其總有一天被他們發現自己是沒用的人，被他們認為自己是懦弱的傢伙會更好。因為，當他們發現露露莉有多沒用的時候，就是隊伍全滅的時候。必須在變成那樣之前，趁著還來得及時，讓他們找到更優秀、更冷靜、更能確實地在後方協助他們的補師才行。

露露莉用力咬住嘴唇，忍住淚水。

「走吧。只要五分鐘就好，之後你就能去祭典玩了！」

露露莉說著，逼自己擠出笑容。

＊＊＊＊

地牢的一樓。兩人在走廊前進，來到一處寬廣的場所。

這裡原本是守層頭目的房間。如今只有一名面無表情的警衛站在那兒。一見到他，露露莉就緊張地吞了吞口水。

地牢的看守人。

高大壯碩的身材，身上穿戴著刻有公會徽章的護具，手中握著巨大的斧頭。

彷彿在說自己是法律與秩序的僕人似地，即使見到兩名白銀到來，那警衛也面不改色如機器班佇立不動。兩人說明來訪的原委後，也許公會會長已經先通知過了，警衛並不要求露露莉與勞出示許可證，只是要他們前往其他房間。

無機質的小房間中，只有一個點發出朦朧紅色光芒，是傳送裝置。

這是參考遺物製造的，能瞬間在傳送點之間轉移的傳送裝置。但是與一般人知道的藍水晶傳送裝置不同，地牢中的傳送裝置是紅色的。是只有得到上層的許可的人，才能使用的特別傳送裝置。

「從這裡過去。」

說完，警衛再次回到崗位。

這地牢原本是S級的地下迷宮，有許多複雜的通路，再加上先人們以技術在通路上做了隨機變化，可說是非常容易迷路的地獄設計。因此，當年攻略這座地下迷宮時，是一面攻略，一面設置傳送裝置，以這種穩紮穩打的方式慢慢攻略的。

總共十層的地牢，用走的絕對走不完。所以都是利用攻略時代留下來的傳送裝置，來往於各樓層。

兩人將手放在紅色的傳送裝置上，熟悉的飄浮感過去後，周圍的景色變得截然不同。

延伸在眼前的是一條冰冷、黑暗、封閉的石廊。曾經吞噬了一萬名冒險者的地牢使人感到毛骨竦然，冷徹心底的寒意。雖然是無機質的石廊，卻沉澱著又黑又渾濁的沉重氣息。

「……」

露露莉吞了吞口水。沒發現自己從剛才起就一直緊抓著勞的長袍，邁步朝某間牢房前進。

26

「……艾登。」

露露莉用手觸摸冰冷的鐵格子。坐在牢房中的獨眼獨臂男——艾登，在聽到露露莉的聲音後，以毫不留情的銳利眼神瞪著她。

「哈！帶著現在的同伴來可憐我嗎？」

不像看著過去隊友的冷酷目光，使露露莉感到狼狽。站在她一步之後的勞雙手抱胸，安靜地旁觀兩人。

「……對——」

對不起。

那時候，我救不了你們，對不起。露露莉很想這麼說。

可是，真的要說時，話卻哽在喉嚨，無法出聲。因為露露莉突然發現，說這種話根本只是要任性。就算當時的自己已經盡力了，可是沒辦法救回隊友的人，沒有道歉的權利。自顧自地說對不起，請原諒我，只是殘酷的自以為是。

「……」

到頭來，露露莉什麼話都說不出來。艾登對那樣的她冷笑。

「——妳以為我從一開始，就打算用這種下流的手段嗎？」

「咦……？」

「就算失去隊友，我還是想著要變強。相信自己總有一天能發芽出什麼技能，即使只有一隻手，也能繼續當盾兵……可是有一天啊，我聽說了。聽說有個擁有超域技能，名叫露露莉・艾修弗特的補師加入了白銀。」

「！」

「害死隊友的傢伙反而發芽了超域技能，成為精英冒險者？哈哈，哈哈哈哈！真像個白痴呢!!一直堅持不懈地努力，明明沒有發芽技能，還是相信單手也能繼續當盾兵的我！」

艾登瞪大了眼睛，露露莉不知為何，覺得那表情看起來像是在哭泣。

「我突然開始覺得一切都無所謂了。不對，應該說反而解脫了。就算不擇手段又怎樣……！我是不會放棄神域技能的。只要我得到技能，一定會先殺了妳報仇……！」

艾登露出牙齦吠道。面對那驚人的憎恨，露露莉全身發直，僵在原地說不出話。就在這時，有人抓起她的手臂——是勞。

「走吧。已經見過面，妳也滿意了吧？」

勞以小指掏著耳朵，懶洋洋地道。但是握住露露莉臂膀的手勁，卻強到不給她其他選擇。

「可、可是……」

「不管妳說什麼，他都聽不進去的。說再多也只是火上澆油。」

勞說著，不由分說地拉走露露莉。

「給我滾……！給我滾，妳這個殺人凶手!!」

捶打鐵格子的聲音，以及充滿恨意的咆哮，迴蕩在黑暗的地牢之中。

27

「嗯嗯！這、這就是羅薩紐產的羅薩紐牛肉嗎!?」

亞莉納右手抓著帶骨牛肉，左手握著酒杯的把手，因口中滑嫩的肉質而瞪大眼睛。更在吞下以許多辛香料調味的鹹牛肉後，大口地喝下啤酒——

「啊——！天國！」

亞莉納一面品味著總算參加的百年祭的酒，一面環視大馬路。熱鬧的祭典小調、鑽入鼻腔的美食香味、歡樂的氣氛。明明是每天上班時經過的道路，看起來卻像完全不同的世界。正因為過去幾年都沒能參加，正因為今年是跨越了加班地獄而來的，所以感動的程度也格外不同。

「贏了……贏了哦……我拿回一介勞動者的自由與尊嚴了……!!」

只有為了百年祭加班到快死的人，才能明白這種喜悅與解放感吧。

有句話叫糖果與鞭子。只有鞭子的話，人類是無法努力的。必須在遠處掛上誘人的糖果，人們才會努力工作。過去只挨到鞭子，沒機會吃到糖果的亞莉納，如今感動到熱淚盈眶。

「今天就忘了惱人的工作，解放自我大玩特玩吧……！」

亞莉納咬下最後的肉塊，放眼尋找下一個獵物。以大馬路為中心，許多對自己廚藝有信心的料理人出來擺攤，能享用平常吃不到的異國大陸料理，也是百年祭的魅力之一。亞莉納正顫抖著下定決心，身後則傳來驚訝到顫抖的聲音：

「亞莉納小姐很會吃呢。」說話的是傑特。「我因為體格，所以食量不小，但是妳那麼瘦，吃下去的東西都消失到哪裡了？」

「呵……」

亞莉納吞下口中咀嚼的牛肉，舔了舔嘴角的肉汁，露出所向無敵的笑容。

「可別小看為了發洩壓力，定期暴飲暴食的我的消化器官哦。」

「……接下來要吃什麼呢？」

「唔——已經把一定會賣到缺貨的攤子逛完了——接下來吃甜點吧！」

亞莉納拿出自己製作的百年祭用攻略手冊，以認真的眼神尋找下一個獵物。

「大廣場那邊，有賣把糖漿淋在水果上凝固的有趣甜點哦。」

「哦，聽起來挺好吃的。再說第一天的重頭戲快要開始了，現在過去時間正好。」

連續舉辦三天三夜的百年祭，每天都會在大廣場上進行各式各樣的大型活動。例如一流藝人為了這天準備的精彩表演，或樂隊的遊行等等。第三天的最後，則會在特設舞臺舉行與前幾天的風格完全不同的活動，做為百年祭的收尾。

「那我們走吧，亞莉納小姐。」

傑特朝急急忙忙地把手冊收進腰包的亞莉納伸手。

「……？」

見到那隻手，亞莉納露出不解的表情。傑特笑了起來：

「廣場那邊比這裡更混亂，為了不要走散，我們牽著手吧。」

「走散就算了。」

「這可不行……！」

亞莉納冷淡地回絕，可是傑特的反應與平常截然不同，伸出的右手發出驚人的氣魄。

「我可是……一直在等這個機會……！因為妳從剛才起兩手不是拿酒就是食物，手根本沒有空檔……！好不容易等到手空出來了，我是絕對不會讓這個機會逃走的……！」

「哦……你挺敢說的嘛。」

翡翠色的眼睛發出銳利的光芒，瞪向傑特。

「居然想要我在能一手拿酒、一手拿食物，邊走邊吃的祭典中少用一隻手，想都別想!!再說誰要跟你手牽手啊你這個變態白銀混——」

亞莉納一如往常地罵著，差點不小心喚出戰鎚，又突然停下動作。

「？妳怎麼了？亞莉納小姐。」

做好就算會被揍，今天也絕對要牽到手的堅定決心的傑特，訝異地看著安靜下來的亞莉納。亞莉納沉默了一會兒，交互看著傑特的臉與伸出的手。

「……不、不是啦……那個……」

亞莉納之所以止住了揍人的手——是因為她多少是感謝傑特的。

假如沒有傑特幫忙處理文件，亞莉納肯定無法參加心心念念的百年祭。沒有他的話，自己今年八成也是一面聽著祭典的音樂，一面哭著加班度過吧。能改變那麼悲慘的未來，是亞莉納最開心的事。

「該不會是肚子痛嗎!?」

亞莉納的反應太異常，讓傑特忘了牽手的事，緊張了起來。

「還是喝太多了？因為妳喝很快嘛……！妳等一下，我去拿水——」

傑特轉身想去找水時——亞莉納下定決心，伸手一抓。

「……欸？」

正想離開的傑特瞬間僵住，傻傻地叫了一聲後，戰戰兢兢地轉頭。

亞莉納正握著自己的手。

傑特茫然地張大嘴，看著眼前的光景。亞莉納別過視線，臉頰微微泛紅，含糊地說著。

「……這、這是……因為那個，如果沒有你的幫忙，我今年肯定也沒辦法參加百年祭……所以就是那個……該怎麼說……」

不知為何，面對傑特時，亞莉納就沒辦法坦率地說話。儘管如此，她還是努力地在哼了一聲後，小聲地說道：

「那個……謝謝。」

傑特睜大眼睛，如石像般固定在原地，嘴巴張合不已。他定住不動許久，最後因亞莉納手掌的柔軟觸感，總算回神。

「嗯！」

傑特喜孜孜地笑著，回握亞莉納的小巧的手。

「可惡！看不起我……！」

艾登以渾身力氣毆打地牢的鐵格子。一面聽著迴蕩在詭異地牢中的回音，一面露出牙齦，狠狠瞪著那個「殺人補師」和隊友消失的走廊。

「那個……殺人凶手!!」

是憤怒呢？或是憎恨？狂暴的情緒無法平息，艾登抬起銬著沉重腳銬的腿，用力踢著鐵格子。即使被腳銬圈住部位的皮膚流出血來，還是不肯罷休。

「呼──呼──！」

又過了一會兒，艾登總算停下動作，粗重地喘氣。儘管腳部傳來一陣陣的刺痛，但是對艾登來說，這痛覺反而很舒服。他希望能藉由那股疼痛填滿內心的空虛，逃避現實──可是不知為何，淚水不停滾落。

「嗚……」

艾登壓抑聲音，哭了起來。每次激動過後，如反作用力般襲來的，是與激動同等的自我厭惡。

不——真正的「殺人凶手」，是自己。

艾登知道過去隊伍全滅的原因，在自己身上。別說無法持續吸引敵視了，追根究柢，說要挑戰頭目的，就是艾登。儘管同伴們，特別是露露莉強烈反對，自己還是充耳不聞，強行進攻。

在戰鬥的混亂中，直到魔力耗盡為止，露露莉都一直在幫隊友做治療。無法決定要重新吸引敵視或撤退，什麼都沒做而害同伴們被殺的，其實是自己。

「不對。不是我的錯……！都是技能的關係，都是因為沒有發芽技能……！」

艾登非常羨慕超域技能發芽的露露莉。渾濁陰沉的嫉妒在艾登心中生根，不斷侵蝕著他。除了變強，否則無法消除那嫉妒。必須讓技能發芽才行。而且不能是半調子的技能，必須是比誰都強大的——

「你很激動呢。」

就在這時，一道穩重的聲音響起。艾登一驚抬頭，不知何時，有兩個男人站在鐵格子的另一頭。

和平常一樣，笑得一臉清爽的海茨，以及面無表情地站在他身後的「沉默男」。沉默男就如同那名字，艾登從來沒聽他開口說過話，也沒聽他喚過自己的名字。不知是無法說話，還是單純不想說話。總之艾登對他一無所知。

「……真厲害。你的技能連公會的地牢都有辦法入侵啊？」

海茨擁有能在空間中移動的超域技能。光是擁有超域技能，就足以使艾登感到憎恨。他壓抑著這恨意，別過頭說道。

「不是哦。我的技能沒有厲害到能潛入這麼複雜的地牢。我是得到許可，堂堂正正地走進來的哦。」

海茨露出令人起疑的笑容，向艾登展示自己手中奇妙的書。

「我去了一趟這裡的最底層，順便來接重要的同伴。」

「……那是啥？」

「不知道嗎？這是祕密任務哦。還沒有人接下任務就是了。」

「！」

艾登瞪大眼睛。乍看之下只是普通的書，但仔細一看，封面有發出異彩的金色文字。

「我是來借用一下，鄭重地收在地下書庫的這個。」

「地下書庫!?」

從海茨口中聽到的名詞，使艾登瞪大眼睛。位在地下迷宮最底層的書庫，是只有公會會長能進出的，用來保管冒險者公會最高機密的場所。

「……難道這也是『黑衣男』幫你安排的……!?」

「說對了。太感謝他的鼎力相助了。」

「那傢伙到底是什麼人啊!?」

把「能獲得神域技能的遺物」一事告訴海茵的人物——「黑衣男」。其實艾登只見過他一次面。他穿著殮衣般的漆黑長袍，看不清長相。除了能以低沉的嗓音判斷對方是男人之外，艾登對他一無所知。那時，黑衣男無聲無息地出現，說完要說的話後，又倏地消失。

想起黑衣男那摸不清底細的身影，艾登有種全身血液倒流的感覺。

不但能讓海茵進入公會地牢，甚至讓他潛入只有公會會長有權限進入的地下書庫。不管怎麼想，都不是等閒人物。儘管艾登臉色蒼白，但海茵只是歪著頭。

「不知道。我沒興趣知道，也不會特地打探他的事哦。只要能幫我達成目的，不論他是什麼人我都歡迎。」

「……」

和第一次見面時一樣，海茵臉上掛著乍看很溫和，仔細一看卻像窺視無底深淵般的笑容。

——要不要和我們一起，報復這個爛透了的世界呢？

當時，海茨伴隨誘人的呢喃，出現在自暴自棄的艾登面前。對於已經死心，覺得自己這輩子都不可能發芽技能的艾登來說，那甜美的誘惑，有如黑暗中的一道光芒。但是如今，跟著海茨真的好嗎？艾登開始微感不安。

「等一下利凱得會在祭典中製造混亂，我們就趁機回到地上吧。」

海茨拿出說不定也是「黑衣男」幫忙準備的鑰匙，打開牢門。「利凱得」是隊伍中的黑魔導士，身材瘦削，臉上總是掛著看不起所有人的笑容。

「好了，走吧。一直受迫害的我們，總算快要得到勝利了。」

唧——鐵格子門發出刺耳的聲音，打了開來。海茨站在門外，朝艾登張開雙手說道。不知為何，艾登覺得那道門看起來像通往地獄的入口。

（……你在怕什麼？事到如今，還有什麼好怕的？）

只要能讓技能發芽，不管什麼髒事都願意做。自己明明已經下定決心了。就算安分守己地活著，技能也不會因此發芽。既然如此，就算走旁門左道，也一定要做到。

「……嗯，走吧。」

艾登逼自己揚起嘴角，向前邁步。

因為他已經無法回頭了。

29

亞莉納來到大廣場，這裡的氣氛比大馬路那邊更加熱鬧。

作為祭典的中心，大廣場內人山人海，人聲鼎沸。排列在圓形廣場周圍、奪得激戰區位置的攤子上，掛著明亮的燈，每個攤位前都大排長龍。作為第三天重頭戲的特設舞臺則被布塊蓋著。

「哦——真熱鬧。」

傑特興高采烈地說著，臉頰因欣喜而泛著紅潮。他從剛才就一直緊握著亞莉納的手，片刻都不肯放開。

「沒想到有握到亞莉納小姐的手的一天……幸好我沒有放棄。」

「……牽、牽手有什麼好的。少一隻手可以拿東西，很不方便。」

亞莉納掩飾羞澀地蹙眉，傑特苦笑起來。

「亞莉納小姐，妳是正值大好年華的女孩子，應該要再……怎麼說呢……」

亞莉納無視傑特的話，尋找目標攤位。發現攤位前已經排著長長的隊伍，亞莉納下意識地朝攤位跑去。

「啊！找到了！就是那個攤子！不快點的話會賣光——」

然而，亞莉納突然在途中停下了腳步。因為她瞥見一名在廣場的角落，表演魔法雜耍的魔導藝人（Pierrot）。

那魔導藝人臉上戴著色彩繽紛的面具，周圍有一小群觀眾正在看他表演。憑空出現的水不斷變化成各種動物或魔物，有時凍結成美麗的結晶，使觀眾們不住喝采。雖然是傳統過時的雜耍了，但是配上祭典的氛圍，人們仍然相當樂在其中。

儘管是祭典中常見的光景，但是某種莫名的預感，使亞莉納的視線忍不住被吸引。

「亞莉納小姐，怎麼了？」

傑特訝異地向拉著自己跑到一半，突然停步的亞莉納發問。他順著她的視線，看向魔導藝人。

那魔導藝人表演完一系列水魔法後，「呿呿呿」地搖晃食指，彷彿在說這只是開頭。勾起觀眾的期待後，他將手掌朝著觀眾——說道：

「——鳥喙冰（Glacies）。」

圍觀的人中，沒人能在第一時間意會到那是攻擊魔法。

錚！凝固的聲音響起，站在最前方的觀眾中，有數人被凍結成冰塊。

「……咦？」

一名逃過一劫的男人，怔怔地看著自己身旁被凍結的觀眾。就在這時，魔導藝人朝天高舉雙手，大叫：

「冰礫雨（Imber）！」

下一瞬，無數的碎冰飛到空中。冰塊反射著祭典閃爍的燈火，飛升到最高點後——以極快的速度變大並落下。伴隨著激烈的落地聲，所有被捲入的攤位與遊客全被凍結。

「咦……魔法!?」

「不是表演！這——這是黑魔法！」

某處的某人發出慘叫，以此為起頭，發現有危險的遊客為了遠離魔導藝人，爭先恐後地朝大廣場的出口跑去。尖叫與哀號此起彼落，大廣場在轉眼之間陷入混亂。

「亞莉納小姐！別放開我的手！」

個子嬌小的亞莉納幾乎被失控的人潮淹沒，幸好有傑特用力地握著她的手，才勉強站穩腳步。魔導藝人看著慌亂四散的人潮，發出詭異的笑聲。但他並不繼續發動攻擊，只是愉快地欣賞人們陷入混亂的場面。

總算撐到人潮散去，能活動身體後，傑特迅速拔出腰間護身用的劍，與魔導藝人對峙。站在他身後的亞莉納，則錯愕地環視完全變了個樣的大廣場。

「百……百年祭……」

幾秒前，還是祭典中心的大廣場，露天攤位全被推倒撞壞了，美味的食物散落一地，被踩得面目全非。從好幾天前就開始布置的裝飾不是掉落，就是結了冰，完全見不到原本熱鬧的氛圍。

「百……百年……百年……」

亞莉納腦子一片空白，無法接受期待已久的百年祭被摧毀的光景。

有這麼過分的事嗎？

因為，亞莉納一直為了百年祭，努力到今天。承受著因可惡的謠言而大量湧來的冒險者，以今年一定要參加百年祭的心情，專心致志地克服前所未有的加班地獄。不管多痛苦，只要想到百年祭，力量就會湧出。

對亞莉納來說，百年祭不只是慶典而已。不只是單純的獎勵而已。是過著只有工作的枯燥生活的一介勞動者，取回自己的人生，重新確認自由與尊嚴的儀式。

而百年祭，如今，消失了。被那不知道想幹嘛的小丑，以莫名其妙的襲擊毀了。

「…………………饒不了…………………」

亞莉納低聲喃喃。她看著站在大廣場上，身上散發詭異氛圍的魔導藝人。魔導藝人也以看著獵物的眼神看著她。

魔導藝人揮動魔杖，亞莉納的腳邊出現攻擊魔法的魔法陣。許多冰柱竄出，隔開傑特原本牽著亞莉納的手。冰柱們形成巨大的牢籠，把亞莉納關在其中。

「亞、亞莉納小——！」

「白銀 的 傑特・史庫雷德。」

魔導藝人發出假人般的奇妙聲音，看著傑特。

「這個 小姑娘是 人質。」

「人質!?」

誰不好抓，偏偏要抓抓亞莉納小姐？傑特緊張地想著。魔導藝人嘲笑般地哼了一聲。

「想要她 活命 就把 處刑人 帶來這裡。」

「處刑人……!?不、不是，你應該先擔心自己的生——」

「——發動技能〈巨神的破鎚〉。」

亞莉納打斷傑特的話，在狹窄的冰之牢籠內發動技能。

錚！她揮動與撕開黑夜的白光同時出現的巨大戰鎚，打碎了冰之牢籠。冰之碎片飄在半空中，與飛揚的塵埃混在一起，形成遮住視野的冰幕。

「啊～！等一下等一下！」

傑特急急地叫著，同時某種物體飛了過來。是混亂中掉在大廣場上的廉價斗篷。亞莉納披上傑特慌忙拋來的斗篷，無言地起身。

微顯狼狽的魔導藝人，在見到從冰幕中出現的人物——被斗篷的帽兜遮住五官，右手拿著危險的巨大戰鎚的亞莉納後，錯愕地叫道：

「處、處刑人……!?你是從哪啊噗！」

話還沒說到一半，戰鎚就已經擊中魔導藝人驚訝的臉了。

「啊嗚欸噗！」

魔導藝人總算發出有人類感的真實聲音，在石板鋪成的地面滾動不止。亞莉納特地減輕了毆打的力道，但這並非擔心會殺死對方之類的慈悲情懷——而是不打算給做出罪無可赦之惡行的敵人一個痛快。

「等……等一下……先聽我說完目——」

魔導藝人搖搖晃晃地想爬起來，並試圖維持原本那種詭異的說話方式。他伸手想拿起掉在一旁的魔杖，但被於轉眼之間來到自己面前的亞莉納重重地踏住了手臂。

「好痛啊啊！」

「你的鬼目的根本不重要。比起那種小事，你知道自己做了什麼嗎？知道今年的百年祭對我來說，有多重大嗎……？」

站在處刑人身後的傑特一面發抖，一面說著「節哀」，收劍回鞘。

「你知道我有多——————麼期待今天嗎……？從好幾天前起，就瘋狂加班，才總算，能參加百年祭，的哦……！」

亞莉納把戰鎚扔在地上，地面因巨大的衝擊出現凹陷。但她無視這一切，只是啪啪地折著雙手手指。

「你、你想做……」

「可別以為能一死了之哦。」

亞莉納凶惡地瞪大眼睛，嘴角上揚，總算發現殺氣濃度過高的魔導藝人，事到如今才渾身發直。亞莉納揪起他的領子，握緊拳頭，壓低聲音。

「——你這個…………混帳小丑啊啊啊啊啊啊——————!!!!」

亞莉納的拳頭陷入魔導藝人的顏面。「啊噗！」魔導藝人的身體飛了出去。亞莉納騎在他身上，左右開弓地連續揮拳。宛如沙包的魔導藝人不再發出裝模作樣的詭異聲音，發自內心的慘叫不斷迴蕩在大廣場上，直到好一陣子之後才平息。

30

地牢的走廊，勞拉著消沉地垂著肩膀的露露莉的手，一言不發地走著。

露露莉與艾登最差勁的會面結束後，勞與露露莉藉著紅色的傳送裝置，回到地牢的警衛那裡。雖然勞是半強迫地拉走露露莉的，但就算繼續讓她和艾登說話，也沒有半點助益。再說，看著自己的隊友單方面地挨罵，也不是什麼愉快的事。

「露露莉，今天就先回宿舍吧。祭典明天再去。」

「……嗯。」

露露莉小聲答應，顯得很沒精神。不過就她的個性來說，會這樣也是當然的。雖然從一開始就知道會變成這樣了──儘管如此，勞還是覺得很煩躁，在心裡詛咒著艾登。

（那傢伙到底是怎樣……根本是遷怒嘛……乾脆把剩下的左眼也挖掉算了……）

勞腦中閃過危險的念頭。就在這時──

轟……地牢微微搖晃了一下。

「哇哇……!?」

勞緊急撈住差點摔倒的露露莉，皺起眉頭。雖然震動只有一下，卻足以使老舊天花板的灰塵簌簌落下。

「怎麼了？那晃動是從城鎮的方向傳來的……？」

「是不是祭典發生了什麼事？」

「我——」

我們走吧。勞正想這麼說，背脊忽地一陣發涼。

「勞？」

見勞突然停步，露露莉不解地歪頭。但勞只是僵在原地，並不說話。因為身後傳來嗡！的低沉聲響。是他們倆剛才使用過的紅色傳送裝置啟動時的聲音。

怦通！心臟沒來由地狂跳起來。勞把一臉訝異的露露莉藏在身後，緩緩轉頭。

男人從傳送裝置走了出來。那是一名慈眉善目，看起來很和善的中年冒險者——勞認得這個人，他是在永恆之森散布謠言的犯人之一，海茨。

「哎呀？」

即使見到勞，海茨也不顯慌亂，反而故作驚訝地道：

「不好，被發現了。」

「你……為什麼……會在這裡……!?」

勞的聲音有點沙啞。

與永恆之森不同，這裡是只有得到許可的人才能進來的森嚴地牢。別說普通的冒險者了，因造謠一事，被公會認定為惡質冒險者、被吊銷冒險者執照的海茨，更是不可能進入這裡。

「警衛！為什麼讓這傢伙進來!?」

儘管海茨出現在這裡，地牢的警衛仍然像木偶般一動也不動。勞大聲責問：

「這傢伙不是已經被吊銷冒險者執照──」

「只要得到許可，不管有沒有冒險者執照，都能進來。」

警衛毫無感情地道。

「得到、許可……!?」

勞困惑地看向跟在海茨身後出現的兩人。其中一名是從不開口的沉默冒險者，另一名是獨眼獨臂的男人──是直到不久之前，都被關在牢房裡的艾登。

「艾、艾登……!?」

露露莉小聲驚叫。

「讓囚犯逃獄也有得到許可嗎……！」

「已得到釋放的指示。」

「哪有這種事！你真的有確認過嗎！公會怎麼可能會下那種——」

「我沒有回答你的問題的義務。我只依照指示行事，讓得到許可的人通過這裡。」

「……！」

「就是這樣哦，白銀先生。比起那種事，你更應該擔心這個吧？」

海茨說著，亮出一本老舊的書。但是一眼就能看出那不是普通的古書。因為書皮上有與封面不搭的金色文字，而且那些文字還在昏暗的地牢中微微發亮。

眼前的景象讓勞瞪大眼睛，屏住氣息。

「祕密……任務……!?」

他從傑特那裡聽過，祕密任務的委託書是以金色的文字形成的。

「這是我從公會的地下書庫借來的。公會也真是的，既然找到了祕密任務，就公布出來嘛。偷偷收在地下書庫，太惡劣了。」

海茨說著，毫不猶豫地打開書。

「住手——！」

瞬間，眩目的光芒與金色的文字浮現在半空中。

指定之冒險者階級：無

地點：永恆之森

達成條件：全樓層頭目之討伐

另委託者之名並未記明。省略接案者之簽名。

依上記內容，承認此項任務承接。

（永恆之森……!?）

勞看著由金色文字形成的委託書，皺起眉頭。

文字無聲地分解，消失而去。不過，那些金色文字確實排列出了「永恆之森」這個詞。那是許多新手冒險者拿來練功的C級迷宮。

不論如何，委託已經成立。隱藏迷宮已經出現了。

「你們……！」

勞咬著牙，瞪著海茨。

「你們真的以為，隱藏迷宮中有神域技能嗎！」

「正因為這麼想，所以才會這麼做，不是嗎——不，有點不對呢。正確來說，不是有能獲得神域技能的遺物，而是有能使用神域技能，名為『魔神』的特別遺物。」

（他知道魔神的事……!?）

「不過，如果說有魔神，就沒人肯幫忙找祕密任務了不是嗎？所以我稍微改編了一下，沒想到居然會引起那麼大的騷動呢，是改編過頭了嗎？不過就結果來說，還是找到祕密任務了，廢物偶爾還是有點用處的呢。」

與大受動搖的勞相反，海茨臉上泛著淺笑。雖然知道魔神的存在，可是沒意識到自己做的事有多嚴重嗎？只見他不當一回事地聳肩：

「好了，都故意在你們面前接下任務了，你們白銀當然也會來，對吧？來隱藏迷宮。」

「……你是什麼意思？」

「我是在邀請你們啊。一起來看魔神吧？是說來不來隨便你們——發動技能〈空間超越者〉。」

海茨發動技能，身體被紅色的光芒包覆，逐漸消去。勞連忙抽出魔杖。

「等一下！讓魔神復活的話——！」

但勞還來不及發動魔法，海茨等人的身影已經隨著紅光的收束消失了。

＊＊＊＊

亞莉納怔怔地坐在大廣場的長椅上。被魔導藝人襲擊的廣場變得冷冷清清。亞莉納如亡靈般，以失去焦點的眼神看著上方的虛空，似乎可以看見魂魄從半張開的嘴中飄出來。

「百年祭……中止……百年祭……中止……」

她茫然地重複著絕望的話語。大廣場上一片狼藉，遊客已經全逃走了。還留在這裡的，只剩無法理解狀況的醉鬼，以及神經大條的冒險者而已。出現這種混亂，祭典肯定會被中止。

視野邊緣，傑特正在把變得像抹布般破爛的魔導藝人，交給趕來的公會的警衛。即使拿起面具，由於臉被打得鼻青臉腫，所以完全看不出原本的長相，當然也無法辨識身分，只好等魔導藝人恢復後再偵訊了。亞莉納本來想再揍他一億拳再撕成碎片的，可是被傑特阻止了。

「亞莉納小姐，妳還活著嗎？」

傑特回來，尷尬地發問。亞莉納以死人般的表情回答：

「……已經死了……」

「再過一陣子，百年祭就會重新開始哦。」

「真的嗎!?!?」

亞莉納忍不住拔高聲音，揪住傑特加以確認。

「因為受到攻擊的只有廣場而已，再說犯人也抓到了——雖然一般來說，發生這種事的話還是會中止活動啦——不過就算有點危險，也要繼續舉行祭典，真不愧是冒險者之都伊富爾呢。」

「太、太好了——～～」

亞莉納放鬆全身的力量，軟軟地坐倒在傑特腳邊。

「只有今天……我感謝伊富爾……這個神經大條的冒險者之都……！」

幾秒後，亞莉納俐落地起身，雙眼發亮，朝天高舉右拳。

「既然如此就不能打混了！還有很多還沒逛——」

「隊長！」

就在亞莉納完全復活時，一名臉色慘白的冒險者跑了過來。是勞。而且他身後跟著露露莉。兩人不知為何，穿的是攻略迷宮用的完整裝備，勞甚至已經把魔杖握在手中了。

「唷，你們幹嘛穿成這樣？」

「祕密任務被接了!!」

這話說得太突然，亞莉納與傑特都眨了眨眼。

「啊？」「咦？」

勞擦著頸部的汗，同時以迫切的神情對發怔的兩人急急地道：

「是海茨！公會找到並保管起來的祕密任務被他偷走，他還接下了任務！隱藏迷宮在永恆之森……他們打算讓魔神復——」

「我先去換裝備！詳細情形等之後再聽！」

傑特很快地理解狀況，他打斷勞的話，拿出冒險者執照，接著看向亞莉納：

「亞莉納小姐，妳也一起……！」

說到一半，傑特又住了口。

「——不，妳別來了。」

「……咦？可是……」

「妳不是為了祭典，努力到現在的嗎？」

傑特把手輕放在亞莉納頭上，不再看她，但以銳利的眼神看著勞與露露莉，認真地道：

「勞、露露莉，我們得在魔神復活前阻止他們。他們已經被吊銷冒險者執照了，應該無法使用傳送裝置。假如他們是用走的前往永恆之森，我們就還有時間。」

「咦？等、等一下——」

傑特俐落地做出指示，快步走向廣場中的傳送裝置。亞莉納連忙想追過去，又依依不捨地回頭。

視線前方，祭典的燈光仍然亮著，彷彿隨時會重新開始進行。亞莉納有享受這祭典的權利。因為她就是為了今天，從好幾個月前起，便一直努力過來的。不對，每年加班到來不及參加百年祭時，她就會在心中用力發誓，明年一定要參加。

可是，看著傑特等人的背影，亞莉納的胸口又很煩躁。假如成功阻止魔神復活，當然就沒事了。但萬一魔神真的復活了呢？假如他們再也回不來——

「先以傳送裝置前往公會總部，整理好裝備後立刻傳送到永恆之森。最壞的情況，魔神復活時——」

說到一半，傑特停下腳步。因為他的衣襬被亞莉納拉住了。

「我也要去。」

亞莉納不像一個月前那樣遲疑。她已經知道在自己心中，最重要的是什麼了。

「……亞莉納小姐。」

傑特回頭看著亞莉納，神情複雜。亞莉納以翡翠般的眸子直視他的雙眼，堅定地道：

「我不想要你們死。」

有那麼一瞬，傑特的臉似乎不甘心地扭曲起來。但在這種分秒必爭的時刻，沒空猶豫，傑特只能別過視線，不看著亞莉納，小聲喃喃道：

「謝謝妳……對不起，亞莉納小姐……」

31

傑特在公會總部整理好裝備後，一行人不到幾分鐘，就抵達了永恆之森。

「發動技能〈百眼獸士〉！」

一走進森林，傑特立刻發動技能。

〈百眼獸士〉。能將視覺、聽覺、嗅覺等感官的靈敏度，提高到遠超過人類極限，如野獸般做大範圍索敵的技能。

技能一發動，上自晃動樹梢的風的氣味，下至在樹根上奔跑的小動物的腳步聲，數不清的情報進入腦中。傑特在其中發現了不尋常的氣息。

「苔岩湖……」

乙太濃度低，魔物不喜歡靠近，因此常被冒險者作為休息場所使用的湖泊。如今，那裡卻充滿濃烈到驚人的乙太氣息。

「那邊樣子不對。我們走。」

來這裡的路上，傑特已經勞那裡聽完事情的原委了。傑特一面朝苔岩湖疾奔，再次思考整件事的異常之處。

（得到許可進入地牢，放艾登離開，而且還從地下書庫偷走刻著祕密任務的書……這種事，真的做得到嗎？）

作為地牢使用的地下迷宮，其實還有其他用途。

總共三十四層的迷宮的最底層，是公會的地下書庫。那裡是收藏不能隨便給外人看見的文獻，或者危險遺物的保管處。由於只有公會會長能進出，想保管祕密任務的話，地下書庫確實是最適合的場所。

可是，地下書庫不在地牢警衛的管轄之內。無論如何，都是外人不可能進入的區域。

——假如……

傑特突然想到某個討厭的可能性。

閃過他腦中的，是一名臉曬得黝黑的初老男性。

高鼻深目，雖然臉上滿是皺紋，可是很有威嚴。身材健壯結實，不輸年輕人。穿著繡有公會徽章的斗篷，看起來很嚴肅，但個性平易近人，年輕時號稱最強的冒險者——

（葛倫是內奸……？不……怎麼會……怎麼可能……我想太多了。）

這推論太跳躍了。他沒有做那種蠢事的理由，也沒有好處。

（這麼一來，最可疑的果然還是「黑衣男」。）

把魔神的情報告訴魯費斯和海茨的男人。在暗中興風作浪，唆使別人找出祕密任務，企圖解開魔神的封印的真凶。能讓手下進出地牢，甚至釋放囚犯，這些都已經超越一個平凡人能辦到的範圍了……

（黑衣男……到底是何方神聖……!?）

本來以為只是謠言，沒想到發展成這麼嚴重的事態。幕後主使者的高深莫測，使傑特覺得發毛。但他把這些疑問趕到思考的邊緣，現在必須先解決眼前的問題才行。

一行人一抵達苔岩湖，異變之處立刻映入眼簾。

「這是……」

只見苔岩上多了一個大洞，出現通往地下的階梯。當然，幾天前他們來這裡時，沒有這樣的光景。

「鳥喙冰。」

勞凍結湖水，製造出一條通往苔岩的道路。傑特在階梯前停步，慎重地探查下方的情況。

深不見底的黑暗中，飄出比森林濃重不知多少倍的乙太氣息。

「就連使用〈百眼獸士〉，也看不見下面的情況……看來階梯連接到很深的地底呢。還有這乙太的濃度……毫無疑問，這樓梯通往的是頭目的房間。」

「地下樓層……？只有一層的永恆之森，還有其他樓層？」

聽見亞莉納發問，傑特頷首。

「……是隱藏樓層……不對，說不定這地下樓層才是永恆之森的真正『遺跡（迷宮）』。是因為迷宮中的乙太外洩，才讓人們誤以為森林是迷宮吧。」

走吧。傑特說著，踏步漫長的階梯。兩旁的牆壁上，有類似技能光般的光條形成的幾何學花紋。雖然勞以光球作為照明，但即使沒有使用照明魔法，周圍還是亮到足以見到腳下情況。

一行人終於走到底，見到的是——

「這是頭目的房間……嗎？」

一扇對開式的鐵門，門後滲出濃烈的乙太氣息。推開沉重的門後，出現一個奇妙的洞窟。

冰涼靜謐，可與公會總部的訓練場匹敵的寬敞空間，由裸露的岩石形成的牆壁發出淡藍色的朦朧光芒。水嘩啦啦地從穹頂狀的天花板落下，形成好幾個水窪。地板上有一個巨大的魔法陣，正微微發著光。

「哦，被搶先了呢。」

身後有人說話。傑特回頭，見到走下階梯的海茨，以及一臉若無其事地跟在他身後的艾登。剛聽說艾登逃獄的事時，傑特有點難以置信，但既然見到本人，就也不需要懷疑了。

「還特地找處刑人大人過來，如此大費周章。」

海茨看向身披處刑人斗篷的亞莉納。

「不過這也是當然的，假如魔神復活，就算是白銀也──」

「冰礫雨！」

勞打斷海茨的挖苦，詠唱了魔法。沒必要和他囉唆，不能繼續讓他為所欲為下去。

雖然勞使用的是與魔導藝人相同的冰系黑魔法，但並非普通的冰雨。出現在空中的無數碎冰，依照勞的意志，如魚群般高速游向海茨的四肢。這是冰礫雨的應用型，命令數不清的冰之雨滴集中攻擊指定部位的高等魔法。

「這是……！」

儘管手腳被冰礫擊中、開始凍結，可是因此緊張的只有艾登一人。海茨與另一個男人毫無抵抗之意，只是默默低頭看著逐漸結成冰塊的身體。

「哦，第一次看到有人能把無差別廣範圍魔法控制到這種程度。不愧是能被挑選為白銀的黑魔導士，太了不起了。」

「我不會讓你們復活魔神的……！」

「是嗎？可是你們不能在這個地方殺死我們。因為復活魔神時需要獻上人類的靈魂。但是我們可以殺了你們，沒有任何問題。」

「哈……所以你們覺得自己占了上風嗎？看我把你們都封在冰裡！」

「——發動技能。」

在全身即將被冰塊包覆前，海茨身後的沉默男人，第一次開口說了話。

「〈奉獻魂魄者〉。」

瞬間。

紅色的超域技能光芒，從總是抿著嘴的男人體內迸濺而出。緊接著，伴隨著令人反感的溼黏水聲，男人的身體連同冰塊一起從內側炸裂了。黏稠的赤紅液體在洞窟內飛濺，肉塊四處散落。

「……!?」

傑特驚愕地僵住。身後的露露莉小聲地哀號。就在這時，包覆在海茨身上的厚冰也碎裂了。

「哦，好誇張的死法呢。」

海茨若無其事地從拘束中解放，端詳著泡在血海中的肉塊。

「以自己的生命作為交換，使我方所有人受到的攻擊無效化。似乎是那樣的技能哦。用來解除區區的黑魔法，似乎太浪費了呢，對吧？」

「……自……爆……!?」

勞臉色鐵青，錯愕地看著仍然在擴散的血海。

與傑特的〈滿身鮮血的終結者〉相同，以對自己的傷害來換取顯著效果的自傷系技能。就像海茨說的，以生命為代價的技能，應該能有更高的解除效果。

不過對海茨而言，那種事情根本不重要。他的目的只有自爆——沉默壯漢的死而已。為了使魔神復活。

「多棒的技能啊，自我犧牲。發芽了這種『廢物技能』，實在令人同情呢。」

洞窟沉寂了下來，只剩海茨的輕笑迴蕩其中。

「……喂……喂……這是怎麼回事……」

艾登顫聲發問。因淒慘的光景而感到驚駭的，不只傑特一行人，艾登也是。他睜大眼睛追問：

「他……自爆……了嗎……!?」

「如你所見哦。這有什麼問題嗎？艾登。」

海茨以柔和的眼神，看著臉色蒼白的艾登。那眼睛深處有著看似柔和，卻又寧靜的瘋狂。

「我向你說明過吧。想讓魔神復活，必須獻上人類的靈魂。所以你不覺得，這麼做是最有效率地活用他技能的方法嗎？」

「我……我可沒聽過……哦……！那算什麼啊！」

艾登臉色慘白地後退。

「你不是說，沉眠在隱藏迷宮裡的魔神，會賜給我們神域技能……」

「真是的，你真的相信世界上會有那麼好的事嗎？」

海茨眨眼，愣了一下。

「什……什……」

「放心吧，你也有你的職責哦——我們是魔神大人的供品。只要吃了我們，魔神大人就能得到更大的力量。其實我也想帶利凱得來的，但是看樣子，他在祭典製造混亂時已經被抓了呢。」

「為什麼你那麼想讓魔神復活！」

傑特忍不住高聲喝道：

「做那種事有什麼意義……！只會被魔神殺死而已哦！」

「……為什麼，嗎？是了，反正你應該不會懂吧。受惠於優越的技能，每天都在光彩奪目的舞臺上活躍的白銀大人，怎麼可能明白只獲得垃圾般的技能，身在泥沼裡的底層冒險者的心情呢……」

海莰嘆了口氣，平淡地娓娓道來：

「我的技能〈空間超越者〉，看起來很方便，其實有致命的缺點。就是無法詳細指定轉移的地點。換句話說，這是『逃走專用』的技能。」

海莰溫和的眼中燃起激烈的憎恨。

「當然，在新人時期，我因這個技能很受重視。可是當隊友們升級到一定程度，不再需要經常逃走時，就把我一腳踢開——並嘲笑我只不過是『會走路的傳送裝置』而已。」

「……！」

「哈哈……哈哈哈哈！很好笑吧？會走路的傳送裝置！太會形容了。說起來，為什麼世界上會有技能這種東西呢？沒辦法自己選擇，不像魔法一樣能以練習的方式學會，只能單方面地被賦予，一切交由命運決定。『中大獎』的話就能直接成為人生贏家，『沒中獎』的話只是垃圾場中的蛆蟲……這算什麼？」

海茨緩緩地搖晃著身體，瞪大雙眼，露出牙齦，詭異地笑了起來。

「某天，那個黑衣男出現在自暴自棄的我面前，告訴我魔神的存在。那才是這個世界真正的永生神，可以讓這個垃圾般的世界回歸虛無……！」

「黑衣男——」

「前置工作都是他包辦的，所以我們進行得很順利。我本來就在想只要引出白銀，處刑人也會跟著過來，果然被我猜中了。只要殺死處刑人，就沒人能阻止魔神大人破壞世界了……！神總算站在我這邊了！所以——！」

噗哧！溼黏的聲音，打斷了海茨的話。

血腥味晚了一拍，竄入鼻腔。

「啊……？」

海茨發出訝異的聲音。

他的胸口，剛好是心臟的部位，出現一隻可愛的小手。從背後，貫穿護具，空手穿背透胸。

異樣的光景，使在場的所有人都失去言語。

海茨在倏地安靜下來的洞窟中，茫然地往下看著那隻手。過於唐突，沒有脈絡，遠超過人類力量所造成的死亡，使海茨露出狂喜的笑容。

「魔神大人……!!」

可愛的小手從背後抽出，海茨倒了下來，口中與胸口冒出大量鮮血，染黑了周圍地面。可是他臨死前的眼神，卻晶亮無比。他眼中帶著發瘋似的崇拜，為了見魔神一眼似地回頭——

一隻小腳，踐踏了他的顏面。

「噁心的老頭——」

毒辣的發言後，是少女咯咯的輕笑。

從昏暗深處悄無聲息地出現，一腳踩在海茨臉上的，是金色長髮的稚齡少女。

但所有人都能一眼看出，她不是普通的少女。因為少女如陶瓷般白皙的細頸咽喉處，鑲著反映著詭異光澤的黑色石頭。儘管身上穿著人偶般可愛的荷葉邊洋裝，表情卻殘忍且猙獰。

少女以看螻蟻般的輕蔑眼神看著海茨，忽地揚起嘴角，舔了舔手上的血，朝海茨的臉上踢去。嘎嘰，伴隨令人發顫的聲音，海茨的頸部朝著詭異的方向扭曲，紅色的血珠四濺。

「……！」

從少女那可愛纖細的腿發出的，是遠強過人類的腳力。不只如此，少女的獰笑的右臉還刻著花紋——那相當眼熟的魔法陣，有如被強行切成二半一般。

只要是先人的遺物，都一定會刻上的太陽狀魔法陣——神之印。

在冒險者之間流傳多年的「特別遺物」的真相。基於先人對力量的追求而誕生的「活生生的遺物」。但諷刺的是，先人也因此招致滅亡。先人留下的負面遺產——

魔神。

「葳娜……有好多人類哦。」

因魔神現身而凍結的洞窟中，又響起另一道微弱的聲音。

一名少女從金色長髮的少女身後探頭。她與被稱為葳娜的長髮少女一樣，頸部鑲著小顆的魔神核。不，兩人的共通點不只這樣而已。兩人就像雙胞胎，長相、身高、髮色全都一樣，臉

頰上也同樣刻著只有一半的神之印。唯一的不同之處，只有頭髮的長度。較晚出現的少女頭髮齊肩，只能從這部分勉強做出區隔。

「魔神……有兩人!?」

傑特緊繃著臉，看著有如雙胞胎的兩名少女。被稱為葳娜的長髮小魔神恍若未聞，笑了起來。

「是啊，有很多人類呢，菲娜。那些都是我們的供品（飼料）哦——」

葳娜將帶著兒童特有的渾圓感的小手向前伸出，開口：

「呼喊吧〈巨神的死矢〉。」

下一瞬，她喉頭的魔神核迸發出白色的技能光芒，白光在她身周畫圓，形成巨大的魔法陣。光點在葳娜向前伸出的小手周圍收束，巨大的武器憑空出現。

是一把比少女高了將近一倍的，銀色的巨弓。

與亞莉納的戰鎚、魔神席巴的長槍相同，在技能發動的同時憑空出現的，有銀色裝飾的巨大武器。鑲在少女咽喉的魔神核，正閃閃發亮。

「……!」

傑特立刻舉起盾牌，進入戰鬥狀態。但葳娜並不立刻攻擊，而是催著躲在自己身後的搭檔

——菲娜。

「菲娜也快點。」

「菲娜也要做嗎……？」

「要哦。」

短髮的菲娜戰戰兢兢地走上前，與葳娜同樣向前伸手，但是與強勢的葳娜形成對比，以委婉的語氣說道：

「呼喊吧……〈巨神的死矢〉。」

詠唱後憑空出現的，是與葳娜相同的銀色巨弓。兩人理所當然地使用同樣的技能，使傑特倒抽一口氣。

「共……共享……技能!?」

技能本來就是天生的，不存在完全相同的技能——這是冒險者之間的共通常識。所以眼前的光景讓人感到無比異常。

「當然啊？因為我們兩個是同一人。」

葳娜對傑特的驚愕嗤之以鼻，得意地挺胸，如空腹的野獸般舔了舔嘴唇，環視傑特等人。

「好了——要從哪隻開始吃起呢？」

「來了哦！露露莉！」

傑特的聲音，總算使露露莉回過神，連忙發動技能。

「發動技能〈不死的祝福者〉！」

這是能為隊友賦予高度自動治癒效果的強大超域技能。露露莉對盾兵傑特施展技能後，以帶著歉意的聲音對亞莉納說：

「亞莉納小姐對不起……！超域技能對神域技能持有者不管用……」

「沒關係，我沒興趣像傑特那樣被打得滿身傷。比起那種事，妳快點退下。」

雖然知道道歉也於事無補，但也許是補師的個性使然，露露莉看起來相當洩氣，沉默片刻後，還是照著亞莉納說的，躲到岩石後面去了。

「可惡，魔神居然有兩人……！」

傑特舉起大盾牌，抽出腰間的長劍，一旁的亞莉納也警戒地注視著敵人，正想發動技能時

「嗯？嗯嗯⁉欸，有帥哥⁉是帥哥！發現大帥哥——‼」

葳娜眼神突然一亮，以熱烈的視線看向表情嚴峻的傑特。直到這時，她才第一次露出孩子般天真無邪的笑容。話雖這麼說，她卻隨意地在手中生成銀色的箭，彎弓搭箭，瞄準傑特。

「帥氣小哥的靈魂，我要了——！」

同時，亞莉納從傑特的旁側飛奔而出。

「發動技能〈巨神的破鎚〉！」

亞莉納握住隨著詠唱出現的戰鎚，正面擊向朝傑特飛來的凶惡銀箭。被戰鎚擊中，銀箭立刻折斷，朝一旁飛了出去，在虛空之中煙消雲散。

（！力量不是勢均力敵……？）

那銀箭的力道太輕，使亞莉納稍微睜大了眼睛。與魔神席巴的長槍比拚力量時，亞莉納與席巴可說是不分上下，經過了一番苦戰，才好不容易打倒他。是因為弓箭武器性質的關係嗎？還是——

亞莉納一面思考，一面朝葳娜前進。至於迎擊的葳娜，並不因自己的第一次攻擊被輕易打破而動搖半分，即使亞莉納步步逼近，也沒有任何閃避的意思。不只如此，她甚至連防禦都不做，只是悠然地看著戰鎚——

就在戰鎚即將擊中葳娜時，菲娜闖到兩者之間。

「!?」

戰鎚的敲擊面直擊菲娜，毫不費力地把她的上半身連同頸部的小小魔神核，一起打飛了。

（一點也不硬……!?）

魔神席巴能擋下開亞莉納的神域技能，擁有強韌的肉體。與其相比，菲娜的身體遠比人類更脆弱，感覺就像紙糊的一樣。脆弱過頭，反而令人覺得詭異，有不好的預感。

那個預感成真了。

「什……!?」

嚴重殘缺的身體，受創的斷面蠢動著，眨眼間開始長出新的肉體。不到幾秒，菲娜就恢復成穿著原本服裝的少女。

而且她已經處於彎弓搭箭，瞄準亞莉納眉心的狀態。

「唔！」

亞莉納強行扭轉身體，巨大的銀箭從耳旁飛過。幾乎同時，葳娜的箭也瞄準了身體因此稍微失去平衡的亞莉納。

「哎唷？已經沒戲唱啦？」

葳娜得意地笑著，手一鬆，完全不留空隙的銀箭激射而出——但並未擊中獵物，只枉然射中了虛空。

「？跑哪——」

上方。

在千鈞一髮時勉力蹬地跳到上空的亞莉納，居高臨下地鎖定一臉訝異地張望四周的葳娜。

「喝啊啊啊——！」

她大喝一聲，藉著落地時的重力，以巨鎚的一擊敲向葳娜的腦門。

砰！沉悶的聲音迴蕩在淡藍色的洞窟中。但手感還是很輕，有種打在棉花上的感覺。

亞莉納落地時，葳娜的頭整個被壓扁，右肩被扯碎，看起來就像被打爛的泥人，毫無生機地站著。頸部的魔神核也確實地被破壞——

「！」

亞莉納倒抽一口氣。葳娜殘餘的身體發出「啵啵」的詭異聲音，與菲娜那時一樣，從殘破的地方開始再生新的肉體。不到幾秒，葳娜便一臉如常地連魔神核一起復原完畢。

「……難道，這兩個傢伙……有再生能力!?」

「答對了——」

葳娜哈哈大笑，肯定了傑特的猜測。

「我不是說過嗎？我們兩個是同一人。」

她豎起可愛的食指說著，表情充滿餘裕，彷彿一個正享受著絕對會贏的比賽的孩子。

「……她們可能有成對的性質。」

亞莉納暫時退回傑特身邊，後方的勞小聲說道。

「……成對？」

「雖然是魔物的經驗……有些麻煩的魔物，不破壞核心的話，就能永遠再生或增殖。」

「是啊……這下麻煩了……」

傑特同意勞的猜測，接著他的話說下去：

「成對的魔物，有只要破壞其中一方本體的核心就打倒的類型，還有只要有一方的核心沒被破壞，就能無限再生或增殖的類型……那兩個魔神應該是後者。」

「後者……咦？那不就沒完沒了了嗎？」

「如果對手是魔物，可以使用同時給予同樣程度傷害的大範圍攻擊魔法——之類的設法應對，但對手是魔神的話，魔法根本不管用啊……」

黑魔導士勞懊惱地唸道。

「只能同時破壞那兩人的魔神核了。」

傑特說著，但表情很凝重。那也是當然的。亞莉納也苦著臉喃喃。

「以戰鎚同時攻擊兩顆魔神核……太難了……」

假如是攻擊範圍大的巨劍或黑魔法，說不定可以做到，但戰鎚基本上是單體攻擊的武器，想同時擊中分別站在不同場所的兩個魔神，幾乎是不可能的事。

「……」

傑特也知道這是強人所難。他噤聲不語，警戒地看著雙胞胎魔神，拚命思考該如何找出獲勝的機會。

「唉——話說回來，這種又暗又溼的地方到底是怎麼樣啦！」

毫不在意亞莉納等人的焦急，葳娜打量著洞窟，用力嘆氣。

「而且我們的技能只有一種，用起來一點也不氣派——弓箭實在太老土了，真無聊——！菲娜，妳也這麼想對不對？」

「……菲娜還滿喜歡這技能。」

「就算是為了妳，我也要吃更——多的飼料，增加技能！」

葳娜無視菲娜的話，陶醉地捧著臉頰。

「離開這個又暗又溼的地方，到地面的話……就會有更多飼料了吧？」

葳娜臉上浮現與可愛的外表完全不搭調的邪惡笑容。淡藍色的洞窟內瀰漫著緊張的氣氛。

來這裡的路上，亞莉納已經從傑特那兒聽過某個假設了——魔神核中封印著數不清的神域技能，魔神殺死多少人，就能使用多少技能。從葳娜的說法聽來，那假設八成是對的。

離永恆之森最近的城市是伊富爾。而今天是百年祭，聚集在城裡的人比平時更多。假如亞莉納一行人全滅，魔神離開這裡的話——

（就沒有人能阻止魔神了。得在這裡成功討伐才行……）

不過，亞莉納原本就是這麼想的。從一開始，她就不打算讓白銀的任何人死在這裡。

「光是想像就好興奮啊！快點把這裡的飼料吃完，到地上吧。」

葳娜一反剛才厭煩的模樣，愉快地張開雙手，製造巨大的銀箭。

「……亞莉納小姐。」

站在亞莉納身旁，一直沉默不語的傑特總算開口：

「她們的魔神核很小，應該是同一個魔神核分裂為二……所以從剛才的戰鬥看起來，她們個別的攻擊力與身體的強度比席巴弱很多。」

「我也這麼想。」

雖然她們不像席巴那樣，擁有強韌的肉體與力量，可是也無法像與席巴戰鬥時那樣，單純以力量戰勝她們。因為她們的再生能力很麻煩，不同時打倒兩人的話，就會不斷復原。

「葳娜的目標是我。我會利用這點，把她引誘到妳附近。至於菲娜就交給妳了。只要能讓她們並排在一起，妳就能以戰鎚同時破壞她們的魔神核……這是目前最好的方法了。」

「引誘……雖然那銀箭的威力確實比席巴弱，但也沒弱到能以超域技能擋下哦？如果中招，說不定會馬上死——」

「關於這點不用擔心，我有想法。」

「……哦，那就好。」

「要上了！」

傑特一發號施令，兩人同時蹬地，朝相反方向疾奔而出。

33

露露莉躲在岩石後方，提心吊膽地看著亞莉納與傑特的戰鬥。

「發動技能——〈鐵壁守護者〉！」

作戰開始後，首先發動攻勢的是傑特。話雖這麼說，但他使用的，是平時常用的技能。不對。

只見傑特單膝跪地，把手放在地上，對著地面使用〈鐵壁守護者〉。

「咦……!?」

毫無意義的場所經過強化，微微泛起超域技能的紅光。之後傑特打滾避開葳娜的箭，逮到機會，又再次碰觸地面。

「〈鐵壁守護者〉！」

同樣超域技能的重複發動。如此這般的，傑特一面避開飛箭，一面無意義地發動同樣的超域技能。最後，洞窟中總共有四個場所亮起〈鐵壁守護者〉發動時的紅光。

（為什麼要做那種事……？）

露露莉皺眉。發動數次並維持同樣的技能，平常不會有人如此——不，是做不到。那麼做的話疲勞會累積得非常快，最後無法戰鬥。再說，同時維持四個超域技能，就算傑特的體力再好，也會馬上消耗光的。

「那種下——等的技能，不管發動幾次，也還是擋不下我的攻擊哦，帥氣小哥！」

葳娜露出嘲弄的笑容，射出銀箭。銀箭落在臨時改變前進方向的傑特腳邊，使周圍的水窪濺起水花。就在這時——

「發動技能，〈滿身鮮血的終結者〉！」

傑特將手向前伸，發動第二種超域技能。

「什——」

聽到意料之外的技能名，露露莉心臟猛地一跳。

〈滿身鮮血的終結者〉是能把對隊友進行的攻擊，全部強制吸引到自己身上的技能。是以自己為肉盾，幫助同伴起死為生的自我犧牲型技能。傑特與露露莉說好，必須與她的〈不死的祝福者〉合併使用。

雖然說傑特現在確實被賦予了〈不死的祝福者〉，但葳娜原本就只針對傑特進行攻擊，可以說不是使用〈滿身鮮血的終結者〉的場合。

「別做無謂的抵抗了——」

嗖，葳娜無聲地闖到傑特的面前。雖然速度不如席巴，但仍比人類快太多了。加上因連續發動技能而削減了精力，傑特的動作比平常來得遲鈍，因此很容易被葳娜利用嬌小的身體，鑽到他懷裡。

「！」

「傑特！」

見箭頭刺向傑特眉心，而且距離已經近到無法閃避，露露莉忍不住尖叫，這瞬間——

「——『集中』。」

傑特突然喊出奇妙的話。

「『展開』！」

啪嘰！空氣發出破裂般的刺耳聲音。

同時，強烈到使人忍不住想閉上眼睛的強烈紅光乍現。那些光芒來自施展於四個場所的〈鐵壁守護者〉。

「!?那是什——」

「發動複合技能，〈千重壁〉！」

爆炸聲再次響起，遮蓋了葳娜動搖的聲音。來自四個場所的強烈紅光集中在傑特的大型盾牌上。被鮮紅到令人驚心動魄的紅光包覆的盾牌——極其輕易地彈開了葳娜猛然射出的，神域技能的銀箭。

「超域技能……彈開了神域技能!?」

露露莉不由得發出驚愕的叫聲。

會有那樣的反應也是當然的。面對最高位格的神域技能時，超域技能完全不管用——與席巴戰鬥時，白銀的人們已經徹底明白這個道理了。

「那是啥……!?」

自己的箭被傑特的「下等技能」彈開，就算是葳娜，也不禁陷入動搖。她瞪大原本就相當大的眼睛，慌張地環視著未知的光景。彷彿大量的能量外洩似的，紅色的光芒在傑特周圍晃動著，來自兩種技能的相反力量碰撞在一起，形成不斷明滅的閃電。

「那是……！」

勞似乎想起什麼，高喊道。露露莉也想到了一樣的事。幾天前，傑特曾在公會總部進行「危險的特訓」時發動，最後因劇烈的消耗而累到站不起來的技能。

「唔……」

與那時相同，傑特臉上出現痛苦的神色，搖晃地後退了一步。那招發揮出能與神域技能抗衡的力量，似乎極為消耗體力。

話雖這麼說，光是被「下等技能」擋住攻擊，已經足以讓對自己的力量有絕對信心的魔神動搖，並出現了一瞬間的破綻。為了與傑特保持距離，葳娜警戒地後退——此時，她的背撞到了什麼。

是菲娜的後背。

「菲娜？」

亞莉納追擊菲娜，把她誘導到這裡。背靠背碰在一起的成對魔神。總算發現亞莉納與傑特的意圖，葳娜臉上出現緊張之色。但亞莉納已經向前踏步，高舉戰鎚了。

「喝啊啊啊啊啊啊────!!!!」

沉悶的聲音迴蕩在洞窟之中。鳥喙狀的鎚頭的全力一擊，毫不留情地打碎菲娜的魔神核。在打碎菲娜後，鎚頭仍餘勢不止地擊向葳娜──

不。

「唔──」

亞莉納不甘心地砸了舌，退回傑特身旁。一支銀箭從她鼻尖飛過。眼前是一面發出奇妙的聲音，一面再生的菲納。

「好險啊──！」

於千鈞一髮之際躲開戰鎚的葳娜的聲音，迴蕩在洞窟裡。雙胞胎魔神也若無其事地站在原地。

「……不管用嗎？」

傑特眉頭深鎖地低喃。

亞莉納攻擊的時機很完美。但可能是戰鎚因破壞菲娜的肉體而減慢了速度，導致晚了零點一秒才能觸及葳娜的魔神核。葳娜趁著這片刻的延遲逃走，菲娜也獲得了再生的機會。假如是一般的敵人，這招應該是管用的，但假如對手是身體能力超越常理的魔神，就行不通了。對手實在太強了。

「傑特，你還好嗎？」

亞莉納瞥了一眼已然滿身大汗的傑特，問道。傑特感受著使用複合技能後力量被抽乾的感覺，勉強點頭：

「嗯。還行。」

「是說……那是啥？那個把箭彈開的技能。」

「那是複合技能。」

「複合技能……？」

從來沒聽過的詞彙，使亞莉納皺起了眉。

「是我自己想出來的。同時發動兩個技能，再把〈鐵壁守護者〉的效果加疊在一起……變成〈千重壁〉。」

本來，〈鐵壁守護者〉能賦予的防禦效果是有限的。

就算重複施展技能，效果也不會因此疊加，可以增加的防禦力有其上限。因此絕對無法承受超過上限的攻擊——也就是神域技能的攻擊。

可是，有一個方法，說不定可以超越上限。那是只有擁有複數技能，而且耐力比一般人強的傑特，才做得到的方法——經由與其他技能的效果加乘，強行讓〈鐵壁守護者〉的效果疊加在一起。

以這想法，最後試出來的是：以〈滿身鮮血的終結者〉為媒介的方法。

雖說〈滿身鮮血的終結者〉是能把對隊友的攻擊全部強制吸引到自己身上的技能，但本來是能把周圍正在發動的技能，無條件吸引到自己身上的招式。若利用這個特性，以〈滿身鮮血的終結者〉吸收在周圍發動的數個〈鐵壁守護者〉，就能提升原本無法疊加的〈鐵壁守護者〉的效果。根據事先發動好的〈鐵壁守護者〉的數量，提升防禦力增強的效果，強行突破上限。

傑特在很久以前就想到這個蠢方法，但當時的他只試了一秒就陷入昏迷，之後躺了一個禮拜才恢復。

「我做了很多次測試，在能維持意識的情況下，最多能使用四個〈鐵壁守護者〉……但是，已經足以防禦神域技能了……！」

說穿了，就是利用自己過人的耐力，來強行提高防禦力的方法。不過這樣一來，傑特就擁有與魔神抗衡的力量了。不會像上次與席巴戰鬥時那樣，淪落為全靠亞莉納的無能盾兵。

呼──傑特呼出一口氣，提振精神，抽出腰間的長劍。

「……亞莉納小姐，再試一次吧。」

「咦？」

「從剛才的攻擊可以知道，只靠亞莉納小姐一個人同時破壞兩個魔神核還是太勉強了──這次由我攻擊葳娜。我們兩人進行同時攻擊。」

「你……？」

「我打暗號，同時攻擊。」

沒空詳細說明。畢竟光是像這樣站著，沉重的倦怠感就不斷襲來。藉著多次「特訓」，傑特已經知道同時維持複數技能的極限在哪了，但時間並不長。他希望在因技能疲勞而倒下前，結束這一切。

「……知道了。」

也許察覺到傑特的決心，亞莉納不再多問，輕輕點了點頭。

兩人再次朝著自己的目標，幾乎同時拔腿而出。

「小哥真厲害——！居然能用那種下等技能擋下我的箭！」

少女魔神故作驚訝地嘲弄朝自己逼近的傑特。剛才因傑特的〈千重壁〉造成的動搖已經完全消失了。因為她已經明白，即使有〈千重壁〉，面對魔神的再生能力，傑特和亞莉納仍然一籌莫展。

「但只有那樣的話，是贏不過我的哦！」

葳娜說著，朝傑特發射銀箭。傑特往右一閃，躲開銀箭，毫不畏懼地繼續前進。彎腰躲過第二支箭後，又向前踏出一步。接著以盾牌彈開第三支箭，繼續向前，向前——

最後，傑特氣勢洶洶地逼近，進入長劍的攻擊範圍。瞬時間，他解除施展在盾牌上的〈千重壁〉，將盾牌向前推，擋住葳娜的視野。

「!?」

解除賦予在盾牌上的技能後，傑特取而代之地在握著長劍的右手上施力。

「『集中』，『展開』！」

嗡，位於各處的紅光朝傑特集中，迅速纏繞在長劍上。

被賦予好幾重〈鐵壁守護者〉的長劍變得遍體通紅，但同時，汗水也從傑特全身噴出。連續發動複合技能，使身體發出巨大的哀號。傑特一面感受著心臟劇烈跳動到快破裂的感覺，瞥了亞莉納一眼。是暗號。與傑特交換視線的亞莉納，一口氣欺近菲娜的身前。

「——〈千重壁〉！」

重疊了好幾重防禦力增強效果的長劍向前刺出——發出鮮血般紅光的劍尖，深深穿透了葳娜頸部的魔神核。

「咕……啊!?」

被並非神域技能的武器，而是普通的長劍簡單地穿透魔神核，葳娜錯愕地瞪大眼睛。

以〈千重壁〉大幅強化防禦力的劍——換句話說，就是增加了物理強度的長劍，與其說是利刃，不如說已是折不斷的鐵棒。但既然強度這麼高，便能直接作為武器使用。自從以盾牌成功彈開魔神之箭的那一刻起，傑特就有了確信——施展過〈千重壁〉的劍，可以穿透魔神核。

「唔……！」

但第二次使用複合技能造成的反動，比傑特想像的還強。身體各處哀號著，腳步也開始虛浮。傑特勉強站直身體，抽回長劍，與葳娜拉開距離。

「啊……啊……？」

喉頭的半核出現巨大的龜裂，葳娜搖晃著身體，一步、兩步地後退。不論是看起來就很疼痛的傷口，或是被劈成兩半的魔神核，都沒有再生。傑特瞥了菲娜一眼，她的魔神核也連同頭部，被亞莉納的戰鎚擊碎了。

「成功了……！」

既然再生能力失去作用，表示自己與亞莉納同時破壞魔神核了。

傑特在心裡感謝儘管是櫃檯小姐，卻具有出類拔萃的戰鬥天分與應變能力的亞莉納。雖然她輕而易舉地就配合上傑特的攻擊時機，但一般而言，是沒辦法臨時做到那種事的。只當櫃檯小姐，實在太浪費她的才能了。

話說回來，魔神的再生能力完全斷絕了。正當傑特有些不恰當地確信我方勝利，稍微鬆懈時——

就是這個瞬間。

「——讓你失望啦♪」

一支銀色箭矢，朝傑特正面飛來。

「!?」

要被射中了——傑特身體顫慄地一僵的瞬間，箭卻在眼前被打飛了。是亞莉納。

「等一下，明明同時擊中了啊……」

亞莉納來到傑特身邊，聲音中帶著一絲緊張之色。傑特順著她的視線看去，菲娜正肉眼可見地迅速再生，魔神核的損傷已經復原的葳娜則若無其事地笑著。

「挺行的嘛小哥。帥哥果然就是不一樣呢！」

「什……」

傑特見狀滿臉愕然。亞莉納說的沒錯，他們確實同時擊中魔神核了。

「同時攻擊也沒效嗎……!?」

為什麼？傑特陷入輕微的混亂。既然同時破壞了魔神核，兩個魔神應該同時死亡才對。既然這樣也沒效，她們的再生能力究竟是從哪裡來的？

「不過啊……雖然是帥哥，可是居然被那種下等技能殺傷了，我有點受到打擊呢。」

葳娜小聲嘟噥起來。

「奇恥大辱……奇恥大辱啊……」

接著，葳娜猛地看向艾登。

「我要飼料……給我更多力量……更多技能！」

葳娜洩憤似地朝艾登拉緊弓弦。傑特連忙朝艾登的方向奔去，錚地一聲以長劍彈開銀箭。但因為沒有站穩，所以他的身體被銀箭的威力彈開，摔在堅硬的岩石地上。傑特一面打滾，一面對勞叫道：

「勞！帶那傢伙到上頭去！他太礙事了！」

「……！」

聽到傑特的話，艾登本能地想反駁。

可是他又僵著臉閉嘴，眼神游移了一下，看向同伴的屍體。到頭來，他什麼都說不出口，只能懦弱地低下頭。

自己追求的夢想的真相。原本信任的新同伴的真面目。明白連賭上一把的最後希望也只是一場空，使他哀莫大於心死。

「……這樣好嗎？隊長。」

勞確認似地發問。帶著艾登逃到地上，等於勞也必須離開這裡。

「勞，假如魔物離開了這裡……到時候，就拜託你了。」

傑特以這句話代替回答。雖然他並不認為勞是累贅，但是就脫離戰線的候補者來說，攻擊對魔神無效的勞是最適合的人選。

「……雖然不知道我的技能管不管用，不過到時候就交給我吧。」

勞逞強地說完，把艾登架在肩上，踏上階梯離開了。

「啊——！飼料逃走了——！」

葳娜氣得漲紅了臉，用力跺腳。

「我生氣了……！菲娜！」

她厲聲呼喚菲娜。從剛才起，沒有一件事能順心如意，使她大為光火。菲娜聽話地跑來葳娜身邊後，葳娜手一伸——毫不猶豫地將手指插進菲娜的咽喉，扯下鑲嵌其中的小魔神核。

「什!?什麼……!?」

失去魔神核的菲娜身體立時瓦解，消散而去。盛怒的葳娜看也不看菲娜一眼，一口吞下搶來的魔神核。

「居然敢惹我……生氣……？」

少女低沉的聲音，詭異地迴蕩在洞窟裡。

「去死……去死……去死……！」

隨著葳娜的碎唸聲，她的身體開始膨脹。

「!?」

原本可愛的臉與手腳逐漸脹大、變形，再也不見少女的模樣。那異常的光景，以及無法理解發生了什麼事的不安，使傑特表情緊繃。

「什……」

最後，一名有著亮麗金髮、拿著銀弓的女性，出現在眼前。

但那女性極為高大，是一般人類的兩倍高。原本拿在少女們手上顯得巨大的銀弓，在她手裡也變成了小弓。只見她眼神虛無，面無表情地半張著嘴。最重要的是鑲在她喉嚨上的，比席巴更巨大的魔神核，正不祥地反射著暗沉的光芒——

咻，一陣勁風從傑特耳旁竄過。

「咦……？」

傑特不由得怔怔地叫了一聲。

竄過耳旁的，不是風。而是女巨人射出的銀之箭。

一拍之後——

霹啪啪！傑特身旁不遠的岩壁響起驚人的聲音。是銀箭深陷的岩壁破裂的聲響。銀箭本身也因為承受不住那速度而折斷碎裂了。

傑特以眼角餘光確認那情景，忍不住呼吸一滯。

——根本沒看見。

根本來不及動。

甚至連飛來的氣息都沒有感受到。

那突如飛來的一箭之所以沒有射穿傑特的腦袋，純粹只是偶然。

「——我是葳爾菲娜——」

女巨人緩慢地說著，以精確的動作拉緊弓弦，接著瞄準亞莉納，安靜地道：

「——去死。」

35

亞莉納背脊竄過一陣惡寒。

名為葳爾菲娜的女巨人射出的箭，發出刺耳的破風之聲，朝她飛來。箭的速度快到連拋物線都來不及畫出，一直線地逼近亞莉納。

「——！」

面對那壓倒性的速度，亞莉納強制喚醒差點停止思考的大腦，幾乎是反射動作地舉起戰鎚作為防禦。銀箭分毫不差地撞在戰鎚上——

啪！清脆的聲音響起。

「……啥……？」

亞莉納茫然地看著眼前的光景。

原本能輕鬆打飛的銀箭——簡單地鑽入戰鎚之中，強硬地繼續前進……

破・・・・壞了戰鎚。

而且銀箭還餘勢不止地微微改變了飛行軌道，穿透了亞莉納的側腰。

「——!!」

刺痛的感覺傳遍全身。

僵直的視野中，被破壞的戰鎚在空中分解為白色的粒子，消散而去。那前所未見的光景，使亞莉納停止了思考。

緊接著，被銀箭射中而向後飛的亞莉納，打滾般地摔在了地上。

「啊、嗚……」

雖然只是側腰中箭，但侵襲全身的疼痛遠比想像中來得嚴重，痛到亞莉納幾乎無法保持清醒。就在她的意識陷入混亂時，自稱葳爾菲娜的女巨人以手抓著銀箭，緩慢地走近。

「我是葳爾菲娜……去死……我是葳爾菲娜……」

葳爾菲娜喃喃自語著，朝站不起來的亞莉納揮起銀箭——

「亞莉納!!」

就在女巨人的箭尖即將刺中亞莉納時，傑特衝了過來，一把抱住亞莉納在地上打滾，躲過那一箭。

「呃……!」

他的手臂也因此被女巨人的箭劃過。雖然只是劃過，但仍然輕易穿透了護具，削過皮肉，在上臂留下深深的傷口。沒能刺中獵物的箭轟然刺入岩壁，沒入其中，地面也因此大幅動搖。

傑特踉蹌地抱著亞莉納，從葳爾菲娜身邊退開。

「這傢伙到底是什麼東西……!?」

有如失敗品似的的奇妙模樣，名為「葳爾菲娜」的女巨人緩緩抬頭。也許是因為看丟了傑特，她正以空洞的雙眼不斷張望四周。

儘管力量強大，但是動作遲緩，行為與低智力的魔物沒兩樣。傑特一面心想，一面把亞莉納抱到露露莉那裡。

「亞、亞莉納小姐……！」

露露莉也臉色蒼白地朝兩人跑來。

「雖然不是致命傷……可是這傷口……很奇妙……」

傑特讓亞莉納躺下，警戒地看著緩步行走的葳爾菲娜，臉因傷口的疼痛而扭曲。

被箭劃過的手臂，傷口雖然深及血管，可是沒有流半滴血，取而代之的是傷口逐漸變黑。不只如此，傑特被賦予的〈不死的祝福者〉也完全沒有反應，並未開始治癒。

「這不是普通的傷嗎……？」

有什麼在傷口中蠢動、暴動。傷口的疼痛只能以這種方式形容。亞莉納似乎也痛到滿頭大汗，痛苦地咬住牙關。

（那也是，魔神……？）

傑特眺望著女巨人，皺起眉心。茫然地看著虛空，停止思考似地靜止在原地的女巨人，喉嚨確實鑲著巨大的魔神核，而且左右臉各有半個神之印，詭異地並排在一起。

「我們兩個是同一人」——傑特回想起葳娜得意地說過好幾次的話。刻在女巨人雙頰上的半個神之印，合起來確實能成為一個魔法陣。

（那巨大的傢伙，才是雙胞胎魔神的真正模樣……!?）

神之印與巨大的黑色魔神核。就特徵來說確實是魔神，可是從剛才的那些行動看來，她又與擁有感情與思考能力的魔神有明顯的不同之處。感覺就像只有外表像人類的什麼——

「治癒光！」

明知〈不死的祝福者〉對傑特的傷口無效，露露莉仍然對亞莉納施展了治療魔法。可是當然，連超域技能都無法治療的傷勢，比超域技能更弱的魔法不可能有效。

「淨化光！」

儘管如此，露露莉仍然不肯放棄，嘗試其他方法，但還是無效。

「看起來……也不像中毒……說起來，魔法根本無效……！」

「呵呵——沒用的沒用的。因為這是『死之箭』哦——」

是葳娜的聲音。

不知何時，「葳爾菲娜」消失，葳娜與菲娜再次出現。葳娜心情極好地四處蹦跳，嘲笑慌亂的傑特等人。

「這個啊，是直接賦予『死亡』的技能哦。就算只是稍微被劃傷，經過一定時間後，就絕對會死哦♪」

「絕……絕對死亡……!?」

「是啊。所以我才說這技能很老土嘛！我想用那種看起來很炫，可以嘩砰——！的技能啊！真是的，一點也不瞭解少女心。」

葳娜做作地扠腰，以可愛的模樣發怒。但傑特等人面對的現實，卻一點也不可愛。

原來如此，那銀箭，不是普通的遠距離武器。

傑特總算明白露露莉賦予在自己身上的〈不死的祝福者〉為什麼沒有起作用——然後陷入沉默。那銀箭會對觸及到的對象賦予「絕對死亡」的效果，換句話說，是神域技能級的狀態異常。既然如此，位格不如神域技能的〈不死的祝福者〉當然無法生效。

場面一轉陷入了苦境。

再說，那名叫葳爾菲娜的女人究竟是什麼？焦點渙散的空洞眼神，只會說同樣的話，根本沒有智力或理性可言，但是相反的，有極為強大的力量。

（居然能破壞亞莉納小姐的戰鎚……!?）

純比力氣的話，亞莉納與魔神席巴不相上下。也就是說，她是比席巴更強的魔神？

不論如何，再這樣下去，亞莉納會——

「露露莉，解除我的〈不死的祝福者〉，全力幫亞莉納小姐治療。就靠妳解除亞莉納小姐的絕對死亡了……！」

「……」

儘管知道現狀是束手無策，但傑特還是這麼說。因為他也只能這麼說了。

露露莉低頭看著痛苦呻吟的亞莉納，臉色蒼白地輕輕點頭。

37

「被死之矢劃到的傷口很痛對吧？帥氣小哥。」

雙胞胎魔神站在傑特面前。菲娜若無其事地復活，葳娜則一反剛才的盛怒，心情極好地哼著歌。

「我不想玩了，結束吧，小哥？」

兩人緩緩地朝傑特走近。嘻嘻，嘻嘻，少女們詭異的笑聲迴蕩在洞窟裡。然而傑特卻用鼻子冷笑了一聲。

「如果以為我會因為疼痛就放棄戰鬥，可就大錯特錯了。」

太糟了——儘管耍著嘴皮子，可是傑特脖頸上淌著冷汗。

亞莉納受了未知的傷的模樣，使傑特極度動搖。就算想保持冷靜，心臟也跳得飛快，腦子亂成一團。

同時破壞魔神核的戰術不管用。變成「葳爾菲娜」後，就連亞莉納的〈巨神的戰鎚〉也無法對抗。傑特的複合技能已經發動兩次，快要到極限——

「唔……！」

這時，視野突然天旋地轉。耳邊傳來長劍噹啷落地的聲音，身體產生奇妙的飄浮感，回過神時，膝蓋已經跪在地上了。

「傑特！」

後方的露露莉緊張地大叫。直到這時，傑特總算明白自己是因為暈眩而跪倒在洞窟冰冷的地上。是口中有傷嗎？鐵鏽味在口中擴散。在看到離手落地的劍身上已經沒有〈千重壁〉的深紅光芒時，傑特理解了。

（到極限了嗎……！）

沒有像特訓時那樣直接昏迷，已經算是奇蹟了。

「可惡……」

就連髒話也只能微弱地發出。

（在這種時候……到底該怎麼辦啊……！）

不知道。該怎麼做才能獲勝？完全想不出來。

不——說不定已經沒有任何勝算了。

傑特作為盾兵，到目前為止的冒險者生涯中，第一次有心灰意冷的感覺。

「帥氣小哥，你到極限了？那就讓我吃掉靈魂吧——雖然我想這麼說啦。」

葳娜如惡魔般揚起嘴角，把原本瞄準傑特的「絕對死亡」之箭從他身上移開——瞄準亞莉納。

「那邊的飼料從剛才就一直動來動去，有夠煩的。我先吃了她，再來慢——慢吃你哦♪」

「……！」

怦通！傑特的心臟狂跳。

已經沒有能擋下銀箭的〈千重壁〉了。假如葳娜現在射箭，一切就完了。

亞莉納會死。

亞莉納——

（……冷靜……！）

傑特深呼吸，想讓自己冷靜。

露露莉一定會救回亞莉納，自己必須死守到那個時候。只有這樣才有一線生機。既然如此，現在該做的，就是盡全力做好自己能做的事。

身為盾兵，現在能做的事。就是把轉移到亞莉納身上的敵視吸引回來。

仍然趴在地上的傑特觀察著葳娜，拚命思考該怎麼吸引她的注意力。

雙胞胎魔神。兒童般的外表。遠不如席巴的肉體強度與攻擊力。無限的再生能力。對半的魔神核、對半的神之印——

（……對半？）

回過神時，傑特已經脫口而出了。

「——等一下，失敗品……！」

正想放開弓弦的葳娜，倏然停下動作。

「……小哥，你剛才，說了什麼？」

「沒聽到嗎？我說妳們是『失敗品』。」

呸。傑特將口中的血水吐出，往手腳施力，撐起身體站起。孤注一擲地挑釁起來。

——挺身保護同伴的盾兵，絕對不能讓敵視轉移到其他人身上。

這是盾兵的基本職責，也是精髓。以魔惑光吸引敵視，對魔物那類以本能行動的對手很有效，可是對擁有思考能力與理性的人類就行不通了。當然，對魔神也一樣。

不過，吸引敵視的方法，不只魔法而已。

激怒對方，或虛張聲勢使對方陷入動搖……這是面對擁有感情的對手時，才有效的方法。

情況危急時，即使不擇手段也要吸引住敵視！傑特的盾兵師父總是這麼說。要用腦，不能光靠魔法。必要時就算脫光衣服，也要吸引住敵人的注意力。

「吶，小哥，我可是很——討厭那種愚蠢的挑釁哦？」

「妳覺得這是挑釁嗎？」

「啥？」

「在製造出完成品的過程中，出現許多失敗品是常有的事。」

傑特無視葳娜眼神中冰冷的殺意，平靜地說了起來。這些話沒有任何根據，純屬想像，也不確定能不能吸引雙胞胎魔神的注意力。

可是——不論如何，他絕對不能讓敵視轉移。

「我們的認知裡，刻有那個太陽魔法陣——神之印的物體，全都擁有超乎想像的性能。除了知道是先人製造的以外，我們對遺物一無所知……可是，只有一件事我敢大聲說，就是到目前為止，我從來沒見過少了一半，有缺損的神之印。」

「……」

葳娜忘了亞莉納的事，盯著傑特。原本如孩童般變化多端的表情消失，變得像無機質的人偶似地僵硬。

「妳們臉上各有一半的神之印——如果真如妳說的，兩個是同一人，那麼變成葳爾菲娜之後，應該結合成一個完整的神之印才對，為什麼還是各半呢？」

我們兩個是同一人——雖然葳娜那麼說，但是吃了菲娜的魔神核的葳娜，並沒有變成完全體，而是名為葳爾菲娜，沒有智力、只有怪力的怪物。半個神之印也仍然分別刻在左右臉上，沒有結成為完整的魔法陣。

「神之印是先人以製作者身分刻下的印記。那麼，『半個神之印』代表什麼意思呢？」

「……」

「除了妳們，我還知道另一個魔神。他身上有完整的神之印。和他比起來，妳們的性能明顯低劣很多。雖然能再生，可是肉體很脆弱；葳爾菲娜的力量雖然大，但是沒有智力。不管在哪種狀態，都有明顯的缺陷。」

「……失敗品？不對……」

葳娜低聲反駁。但傑特無視她的話，繼續說下去。

「所以我猜，鑲在妳們身上的魔神核，是在製造出完成品前，進行各種錯誤嘗試中製作的失敗品之核。就算把失敗品和失敗品搭在一起，也仍然是失敗品。『葳爾菲娜』只是把失敗品湊起來而已。不，正因為是強行硬湊的，所以反而變成了更不穩定，更難控制的低劣品。」

「不對……！」

「妳們兩個根本不是什麼同一人，只是兩個性能低劣的失敗品。所以製作出妳們的先人，才會在妳們身上刻『只有一半的印記』，表示妳們是失敗品。」

「給我閉嘴!!」

洞窟中迴響著葳娜尖厲的聲音。

葳娜憤怒地瞪大眼睛，緊繃著臉。儘管她臉上失去血色，可是眼白充滿血絲。她凶狠地瞪著傑特，激烈動搖的眼中燃燒著晶亮的怒火，見不到原本可愛少女的風采。

「不對……不對……不對不對不對不對不對不對不對……!!」

葳娜抱頭大叫，接著以因劇烈情感而顫抖的手指，指著傑特。

「竟敢說我是失敗品……只不過是飼料……我要吃了你……！把你碎屍萬段……讓你體會痛苦的感覺……！」

「真不巧，我早就全身都痛到不行了。」

看著不住顫抖，勉力瞄準自己的箭頭，傑特笑了起來。

——吸引住敵視了。

「不過，我可不會那麼簡單被妳殺死哦……！」

傑特舉起盾牌，叫道：

「『集中』……『展開』！」

啪，奇妙的聲音響起，視野突然變得一片空白。想發動技能的瞬間——全身傳來劇痛。過度的疼痛令身體忍不住發抖，還如同字面意義地，噴出火花般的鮮血。

「……！」

是第三次使用複合技能造成的反作用。

症狀之嚴重超出預期，可是傑特一點也不害怕。打從決定使用這個複合技能與魔神戰鬥的那一刻起，傑特早就知道不可能只有普通的反作用，所以早就做好覺悟了。

手臂上死之箭的傷口也在作痛，已經痛到不知道疼痛是從身上的哪裡傳來的了。然而，傑特仍以鋼鐵般的意志壓下那些疼痛，強行站穩，咬緊嘴唇撐住痛到快昏迷的意識，繼續說道：

「發動，複合技能——！」

在腦中閃爍的，是不久前不甘心的記憶。

面對名為魔神席巴那未知的強敵時，一籌莫展的自己。

目睹亞莉納身陷危機時，無法盡情活動的手腳。

就連這次，亞莉納期待已久的百年祭，也沒辦法讓她玩得開心。正因為自己沒有足以與魔神對峙的力量，才不得不仰賴她對抗魔神。

想擁有足以與魔神抗衡的力量。想成為能讓亞莉納過著她理想中的「平穩」生活的男人。

希望她能永遠笑得像在百年祭時那麼燦爛——

為此，就算這身體被撕裂也無所謂。

「——〈千重壁〉!!」

赤紅迸濺於閃爍不已的視野中。那是血的紅呢？亦或是技能的紅光？傑特已經無法分辨。

所以也無所謂了。他勉力扯出笑容，舉起鮮紅的盾牌，對葳娜露出挑釁的笑容。

「儘管發射啊。看妳那軟趴趴的箭，能不能殺死我。」

「傑、傑特……！」

見傑特第三次發動複合技能，露露莉小聲尖叫。

雖然葳娜她們在盛怒之下，一面痛罵傑特，一面朝他射箭，可是所有的攻擊全被傑特的盾牌擋下了。每當擋下死之箭時的巨響迴蕩在洞窟裡時，露露莉就有一種身陷惡夢的感覺。

看著傑特的複合技能發出的光芒在洞窟中搖曳——露露莉就覺得很害怕。

「……！」

傑特不但挺身保護自己，還那麼相信自己，拚上生命爭取時間，可是自己卻沒辦法回應他的期待。這讓露露莉十分害怕。

說要幫亞莉納治療，但是該怎麼做？

露露莉茫然地低頭看著亞莉納。

側腰的傷已經全黑了。死亡彷彿從傷口侵蝕亞莉納似的，使她的臉色蒼白如死人。

超域技能對擁有神域技能的亞莉納起不了作用，所以露露莉的〈不死的祝福者〉無法施展在她身上。就算能施展，既然傑特的箭傷無法復原，就知道〈不死的祝福者〉對死之箭沒有效果。至於白魔法，就更不用說了。

但還是得治好她才行。

想辦法。想辦法。想辦法。想辦法。想辦法。想辦法。

可是，失去冷靜的露露莉，無法思考解決現狀的方法，也記不起任何治療的知識，腦中只剩一件與眼前的戰鬥，毫無關係的回憶。

熟悉到想吐的光景，害死過去隊友的回憶。

苦澀的回憶不斷拉扯露露莉的思緒，使她的思考停滯不前。

不行。我做不到。我沒有克服這個困境的力量。

我沒有力量。

我無能。

所以，我又害死同伴了。

魔杖噹啷一聲，從無力的手中滑落，掉在地上。

「……對……對不起……亞莉納小姐……傑特……！」

露露莉咬著嘴唇，不知何時，淚水已盈滿眼眶。沒有任何價值也沒有任何效果的液體，不斷地滴落在這攸關生死的戰場上。

「我做不到的……我不行……我什麼都……做不到……」

面對無計可施的傷口，露露莉低下頭，不爭氣地說著洩氣話，不住哭泣。

對不起，我什麼都做不到。

對不起，對不起，對不起——

「沒關係。」

一道安靜的聲音，從上方響起。

露露莉驚訝地抬頭，見到按著傷口，努力想站起來的亞莉納。露露莉不禁忘了絕望，跳了起來。

「亞、亞莉納小姐，妳不能亂動，傷口會……！」

「沒差。反正贏不了她們的話也是死路一條……如果妳想到好方法，再跟我說吧。」

「不……不是那樣的！我已經，我已經……！」

「我啊。」

呼——亞莉納自我打氣似地用力吐氣，向前伸出還在發抖的手。儘管死亡就在眼前，可是她的眼中完全沒有恐懼之色。不對，應該說燃燒著比剛才更強烈，更堅定的某種意志。

「我不想失去和我有關的任何人。」

「……咦……？」

「就算是那種傢伙，我也不想失去。」

亞莉納的雙眼定定地看著傑特。

「所以我會戰鬥。和痛不痛，或者有沒有治癒光沒關係。」

「……！」

「發動技能，〈巨神的破鎚〉……！」

亞莉納的臉痛苦地扭曲起來。儘管如此，她仍然緊緊握住戰鎚。

露露莉怔怔地看著她，說不出話。

——為什麼不治療他們？

過去，同伴怪罪露露莉的那句話，一直如尖刺般扎在她心上。可是，眼前的櫃檯小姐卻簡單地推翻了那句話。她說，沒有治癒光也沒關係。

「我是為了我自己戰鬥。就是這樣。」

什麼啊，這個人。

露露莉震驚了。擁有強力技能的人。常加班的辛苦人。雖然是櫃檯小姐，卻又能以冒險者的身分活躍，是很厲害的人——如今，露露莉對自己的膚淺認知感到羞恥。

亞莉納會戰鬥到底。不管被逼到什麼樣的絕境，不管自己變成什麼樣子，她應該都會毫不在意地繼續戰鬥下去吧。為了不失去對她來說最重要的事物。

「……！」

——我在做什麼啊？

露露莉用力握緊拳頭。不知不覺，淚水已經止住了。

從什麼時候開始的？露露莉變得過度依賴〈不死的祝福者〉。所以技能被魔神搶走時，才會一下子就失去自信。

儘管過去的同伴因自己的失敗而重傷、死亡，露露莉仍然厚臉皮地繼續擔任補師。因為她不甘心，不想一直是「殺人凶手」。

因為她想變得更強。

「亞莉納小姐！」

回過神時，露露莉已經拉住亞莉納了。她撿起魔杖，用力擦去眼角的淚水，說道：

「請妳安靜待在這裡。我要試著治療這傷口……！」

見露露莉臉上充滿不由分說的氣勢，亞莉納訝異地睜大眼睛。她迷惘地回頭看了傑特一眼，但是在見到露露莉眼底深處晶亮的決心後，點了點頭。

「……好。」

說完，亞莉納幾乎是軟倒地靠在石壁上，全身冒著冷汗，臉上血色全無。她果然一直在忍耐。露露莉對傑特叫道：

「傑特！再給我一點時間，我要治療亞莉納小姐。」

「……瞭解！」

露露莉很討厭自己得到的〈不死的祝福者〉。

在過去，同伴瀕死時沒有發芽，在重要的時刻派不上用場的技能。

所以露露莉一直沒有想瞭解〈不死的祝福者〉這個技能的念頭。沒有思考過潛藏在技能中的可能性——例如重複使用的話，會有什麼效果。她從來沒有想過這類的事。

但傑特和勞都沒有摒棄這樣的露露莉，亞莉納也原諒了放棄治療的愚蠢的她。

想救他們。這次，一定要救他們。

人類做得到的事有極限。確實如此。可是，露露莉不想因此放棄重要的同伴的生命。沒有方法的話就想出新方法。既然傑特做到了，露露莉一定也做得到。

「不用擔心我。」

聽到露露莉毅然決然的聲音，傑特的回應聲中似乎也帶著喜悅。

「我會保護妳們的。所以妳就專心治療吧。」

「嗯。」

即使是超域技能，重複加疊之後，也能與神域技能對抗。〈不死的祝福者〉是能讓被賦予的對象時常保持在健康狀態的強力治癒技能，而且對狀態異常也有效。假如〈不死的祝福者〉也有疊加效果，說不定能以重複使用的方式，消除亞莉納身上由神域技能造成的狀態異常「絕對死亡」。

只能賭一把了。假如猜錯，或是露露莉治癒到一半就耗光力氣，因此失敗，一切就結束了。亞莉納會死，傑特也會，還有勞，城裡的人全都會死。

不過，露露莉還是要試。

「發動技能〈不死的祝福者〉！」

露露莉把手放在亞莉納全黑的傷口上，發動技能。雖然傷口覆上了超域技能發出的紅光，可是不到幾秒，就被黑暗所壓垮，吞噬，光芒逐漸變弱。

「發動技能〈不死的祝福者〉！」

但露露莉搶在技能之光完全消失前，再次發動技能。〈不死的祝福者〉再次活躍，侵蝕起魔神的神域技能。

視野搖晃起來。

身體有如被灌了鉛一樣沉重。前所未有的倦怠感襲向自己，力量明顯地被吸去，心臟異常劇烈地跳動著，全身的毛孔噴出冷汗。

不是疲勞兩字可以簡單說明的狀態。是更加明確的異常。可是亞莉納的傷還沒治癒，第二次發動的〈不死的祝福者〉也開始消褪。

「發……動，技能……！〈不死的祝福者〉!!」

拜託了。拜託生效吧。

露露莉一面向神祈禱，第三次發動技能。暈眩感比剛才更強烈地襲來，意識開始朦朧，有種快要遠離自己的感覺。露露莉的指尖在堅硬的岩石地面彎曲，拚命保持清醒。傑特也是忍著這種痛苦戰鬥的嗎？比起來，自己真是太遜了。只會依賴最討厭的〈不死的祝福者〉。

「……我不會輸……！」

補師放棄的話，一切就結束了。

「發動技能，〈不死的祝福者〉!!」

露露莉不屈不撓地發動技能，紅色的超域技能光芒變得愈來愈強。放在傷口上的手掌像是在燃燒般發燙。呼吸急促到喘不過氣。好痛苦。

可是不能放棄。再也不要放棄了。能治療傷害的，只有補師而已。

視野一隅，紅光似乎開始推開黑暗。

「發動技能〈不死的祝福者〉!!」

因為，這是，我的「職責」——！

39

勞把艾登的手臂架在肩上，帶著他爬上漫長的階梯。

「可惡，為什麼會變成這樣……！我只不過是想要神域技能而已——」

艾登一路抱怨，可是勞並不生氣也不反駁，只是默默聽著那些任性又自私的話，朝上方前進。現在的勞該做的，是把艾登帶到地上。

「都是那個傢伙的錯……全都是那傢伙的錯。我的人生被那傢伙害慘了……！」

「唉——你有完沒完啊？」

可是，在度過被魔法凍結的湖面，來到湖畔後，勞立刻嘆著氣把艾登推到地上。

「……!?」

艾登連忙起身，接著僵住了。因為勞正以魔杖指著他的鼻尖。循著魔杖往上，勞的眼神平靜地射穿艾登，使他把所有想說的話吞回肚子裡。

「雖然你從剛才起就一直抱怨，不過你完全錯了啊，白——痴。」

「……哪裡錯了!?那個殺人凶手害死我的同伴！害我失去右手和右眼！如果沒有那件事，我就不必墮落到——」

艾登沒有繼續說下去，因為勞按住他的嘴，使他說不出話。不對，不是按住嘴那麼柔和的情況，是用力掐緊雙頰，指甲深深陷入肉裡，幾乎流血的程度。

「啊……啊咕……！」

「敢再用你的髒嘴，說任何一句露露莉的壞話，我就捏爛你的臉。」

「……！」

直到這時，艾登總算發現。

我是局外人，所以不會插嘴——雖然眼前這男人一直保持那種態度，但眼中其實燃燒著憤怒又冷酷的殺意。如今，他終於不再隱藏那強烈到足以使人全身發毛的殺意。

那銳利到足以殺人的視線，使艾登本能地感到恐怖。然後他沒來由地明白了。那不是普通人的眼神。不只如此，那不把自己當成人類或生物看待的眼神，也和身經百戰的冒險者不同。

若要說的話，就是很習慣殺人，身上染滿人類鮮血的殺人鬼的眼神。

「你、你、你是、什麼人——!?」

過度的恐懼使艾登忘了臉上的疼痛，他一面發抖，又忍不住發問。

「你真的是冒險者嗎……!?」

「沒必要告訴你。」

勞冷冷地拒絕回答，淡淡地道：

「因為我是紳士，所以不會對別人的過去說三道四，因為那樣太不懂情趣了。說起來，事情早就過去了，現在才在怪東怪西也不能怎麼樣。不過啊——」

勞頓了一頓，安靜地道：

「露露莉沒有逃避補師的工作，也沒有逃避無力的自己。我是不知道神域技能有多厲害啦，不過想靠那種那種很強的東西，逃避面對自己的懦弱的，是你哦。」

「……！」

「要把你大卸八塊是很簡單啦，可是那麼做的話露露莉會哭，一輩子對你這種廢物感到愧疚。所以，給我聽好，如果你沒有改掉那種巨嬰個性，就別再出現在露露莉面前……！」

勞使勁甩手扔下艾登後，便朝森林出口前進，再也不看艾登一眼。

「我要去公會總部找救兵了。反正如果魔神來到地面，不管這裡有沒有人類（力量來源），結果都一樣。我和露露莉不一樣，沒時間浪費在你這種垃圾身上。」

「……！」

「想逃還是想幹嘛都隨便你。」

被勞這麼說，艾登以猶豫的步伐消失在森林之中。勞一面聽著那帶著遲疑的腳步聲，一面朝公會總步前進。

＊＊＊＊

亮紅的超域技能光芒炸裂，瞬間將淡藍色的洞窟染成深紅。

「！」

露露莉倒抽一口氣。

她重複施展的〈不死的祝福者〉，開始從邊緣侵蝕起魔神的〈巨神的死矢〉了。同時，亞莉納受傷的內臟開始恢復，原本斷裂的肌肉纖維也開始連接，皮膚逐漸癒合，包覆原本慘不忍睹的傷口。

黑色的勢力愈來愈小，最後消失。彷彿筋疲力盡似的，〈不死的祝福者〉的紅色光芒也倏地溶解消散。

亞莉納那破了大洞的斗篷底下的肌膚，已經沒有任何傷痕了。

「成……成功了……！」

〈不死的祝福者〉也有加疊效果。露露莉以發熱的腦袋感受這事實，並且第一次感謝起自己的技能。雖然她滿身大汗，氣喘吁吁，渾身發冷，但心靈十分充實。

「亞莉納小姐，傷口好了哦……」

露露莉的聲音中帶著喜悅，以些許驕傲的心情，推了推在不知不覺中失去意識的亞莉納的肩膀。

「亞莉納小姐！亞莉納小姐？」

但不論露露莉如何呼喚，亞莉納的眼皮都沒有任何動作。

「……咦？」

難道——她沒能趕上？

難道〈巨神的死矢〉賦予的「絕對死亡」早已來臨？露露莉瞪大眼睛，心臟狂跳，有種落入冰窖的感覺。

「亞莉納小姐！妳醒醒啊！妳不能死，亞莉納小姐——！」

露露莉放聲大叫，忽然一陣天旋地轉，回過神時，自己已經倒在亞莉納身上了。

「啊……」

是重複使用技能帶來的影響。怎麼這樣，怎麼能在這種時候……露露莉拚命想抬起已經無法舉起的手，想叫醒亞莉納。可是，視野徐徐墜入黑暗——

「亞莉納……小姐……」

露露莉失去意識。

40

傑特的意識處在消失邊緣。

從露露莉說要開始治療亞莉納起，不知經過了多久。可是亞莉納一直沒有起身，拚命治療中的露露莉，也沒有再說過任何一句話。

儘管如此，傑特還是相信著露露莉。問題是，身體已經撐不下去了。

「呃啊！」

不知第幾次吐血。連續使用複合技能造成的反作用，已經明顯到肉眼可見了。全身各處噴出血來，原本發燙到似乎快燃燒起來的身體，如今冷到像凍到骨子裡似的。這是傑特體驗過好幾次的，死亡迫近而來的證明。這下真的不妙了。

（啊，意識已經──）

思考一瞬出現空白。回過神時，彷彿經歷了時空跳躍似的，箭尖倏地出現在眼前。等到傑特會意過來，自己剛才是暫時失去意識時，光是碰觸就會帶來死亡的銀箭，已經要穿透他的臉了──

＊＊＊＊

──非去不可。

亞莉納忽然冒出這樣的念頭。她渾身輕飄飄，有種置身夢境的感覺。

雖然說剛才似乎發生了什麼非常嚴重的事，可是她完全想不起來。反而是許多年前的記憶變得十分鮮明。非去不可。是要去哪裡呢？

啊，對了。是百年祭。

開始強烈地想參加百年祭，是成為櫃檯小姐第二年時的事。那時正好是百年祭的特別獎金期間。

「咦!?小姑娘，妳沒去過百年祭？」

站在櫃檯前，喜歡聊天的冒險者大驚小怪地叫道。

「現在正是百年祭的期間哦!?」

「是的。我沒有什麼興趣。」

「至少第三天時去看看吧！美到不行哦？」

（你們這些混帳害我今天也得加班哦……!?）

亞莉納在心中痛罵，努力不把心情顯露在臉上，以還不熟練的動作處理著委託書。喜歡聊天的冒險者仍然滔滔不絕地繼續說著：

「第三天的重點活動是『鎮魂儀式』，魔法的光球會像這樣～飄到天空，比放煙火還美哦。」

「鎮魂儀式？」

「是啊，是紀念死亡的冒險者的儀式。」

「原來百年祭裡，還有那種沉悶的活動啊。」

「為了不給人沉悶的感覺，會辦得很熱鬧哦。總之因為場面很美，所以是伊富爾的代表性活動哦。」

「哦……」

拿死人的名義辦活動尋開心……冒險者到底在想什麼啊？真的是一群笨蛋。

（死了就死了，什麼都沒了。）

亞莉納想起一名自己小時候認識的，死在迷宮中的冒險者——許勞德。亞莉納非常喜歡他，也曾經非常喜歡冒險者，夢想著總有一天也要成為冒險者，和許勞德一起攻略迷宮。

但現實是無情的。

許勞德在迷宮裡被魔物攻擊，措不及防地從亞莉納的生命中消失。

選擇從事冒險者那種不穩定又危險的工作，會有什麼下場。在作夢中忽視現實、不夠警覺，會有什麼下場。以及，這個世界究竟有多麼殘忍——這些真實，與永遠拂不去的寂寞，一起深深刻在年幼的亞莉納心上。

「就算做那種事，死者也不會開心。」

回過神時，亞莉納已經脫口而出了。

說起來，那些靈魂早就升天了。不論留下來的人們為他們流淚，或是熱鬧地祭弔他們，現實也不會有任何改變。他們也不會回來。

而且要是死者知道，活著的人拿自己的死亡當吸引客人的生財道具，一定會很火大吧。如果是亞莉納，一定會發飆。

「……」

被那麼反駁，冒險者驚訝地眨著眼睛，但是又看著面無表情地處理委託的亞莉納笑道：

「是啊。那種事啊，是為了讓活著的我們接受現實才做的哦。」

「……原來如此。」

愈來愈無聊了。根本不該浪費時間陪冒險者聊這些。亞莉納想盡快辦完窗口業務，處理堆積如山的文件。

「謝謝您告訴我這麼有趣的事。但後面還有人在等待……」

「哦！不好意思啊！」

亞莉納以教戰手冊上的說法，趕走一直聊天的冒險者，繼續與湧來接任務的冒險者們作戰。

「──……好累……」

下班後。深夜空蕩蕩的辦公室。亞莉納孤伶伶地趴在桌上。

祭典的喧鬧隱隱約約地傳來。外頭是第三天的百年祭，雖然是深夜，仍然燈火通明，亮得像白天似的。

儘管還有堆積如山的文件沒有處理，可是亞莉納已經沒有繼續加班的力氣了。還不熟悉的窗口業務、與冒險者陪笑臉的煩躁、不能在處理文件時犯錯的壓力，光是白天，這些事就耗光了她的力氣。

「……鎮魂儀式嗎？」

亞莉納不經意地看向百年祭的傳單。

白天的冒險者提到的鎮魂儀式，似乎是第三天晚上的重頭戲。利用先人的技術，把魔法光球封在特別的瓶子裡，放在特設舞臺上，在換日的瞬間打開瓶蓋，讓光球一齊升空。

亞莉納又瞄了一眼時鐘，現在剛好是午夜零時。

「……」

基於些微的好奇心，再加上加班的疲勞，亞莉納被吸引到窗前，拉開窗簾，以憔悴的臉茫然地看著天空——

「——！」

瞬間。她忘了呼吸。

數量遠超過想像，至少數百顆的光球在夜空搖曳著上升，緩緩地朝四方散開。建築物的夾縫間不斷出現新的光球。最後，光球充滿夜空，形成光海，在黑暗中隱時現，緩緩地徜徉其中。

——是啊。那種事啊，是為了讓活著的我們接受現實才做的哦——

那種事沒有意義。儘管理智明白這點，儘管知道那是愚蠢、單方面、沒有意義的行為，但亞莉納仍沒來由地受到震憾。因那美麗的場面而忘了呼吸。

希望許勞德的靈魂能乘著那些光球到天上。

即使那是愚蠢、單方面、自我滿足的想法與行為。

她還是想弔念他的靈魂。不為了誰，是為了自己。

為了讓自己接受，這個世界上已經沒有他的寂寞現實——

——非去不可。

亞莉納想起來了。

對了。為了不再次失去重要的人，她非去不可。

與魔神的戰鬥還沒結束。

41

錚！即將穿透傑特的顏面之際，銀箭朝其他方向彈飛了。有什麼東西在咫尺之前，將銀箭打飛了。

傑特一驚抬頭，見到熟悉的少女的側臉。

「……亞莉納小姐……」

不確定自己有沒有把話說出來。由於嘴裡都是血，也許因此咬字不清也說不定。但可以肯定的是——自己的嘴角勾起來了。露露莉真的做到了。如她宣告的，試著治好了亞莉納。

亞莉納一如往常地看著傑特皺眉。

「為什麼每次稍微一移開視線，你就可以把自己搞到快死掉啊……」

「滿身是傷的男人很帥吧……」

「一點也不帥。」

「吶，亞莉納小姐——」

心情一旦鬆懈，身體就開始歪斜。不行了，明明接下來才是最重要的時刻，可是身體已經湧不出任何力量了。

「身為盾兵，其實不該說這種話，可是……」

傑特擠出最後的力氣，舉起右手。

「接下來，可以交給妳嗎？」

「嗯。辛苦你了。」

亞莉納簡短地回答，與傑特輕輕擊掌。嬌小、柔軟，光憑這些觸感，會覺得是非常纖細的存在。但如今又非得依賴這存在不可，讓他懊悔到胸口甚至隱隱作痛。

「……那就交給——」

說到這裡，傑特的意識中斷了。

42

傑特身體一晃，伴隨著水聲，倒在亞莉納身旁的地上。

「……」

接著，便失去了動靜。從這體力的消耗狀況看來，他八成發動了第三次的複合技能吧。若非如此，魔神是不可能給她回復的時間的。

亞莉納醒來時，露露莉正倒在自己身上。她恐怕也是使出渾身之力，把力量消耗到極限地治療亞莉納吧。

「為什麼……妳還活著？」

葳娜的身周的氛圍變了。她齜牙咧嘴地看著亞莉納，發出又黑又渾濁的怒氣。至於菲娜，則是以沒有感情的眼睛安靜地看著亞莉納。

「妳不是死在我的箭下了嗎？」

「因為沒有死，所以還活著。」

嘖！不成回答的回答，使葳娜更煩躁了。但老實說，就連亞莉納也不知道露露莉是怎麼治好自己的，所以也無法回答。

亞莉納安靜地宣布：

「繼續吧。」

「……在囂張什麼？明明比我還弱。」

「囂張也好，比妳弱也罷，都要繼續哦。」

亞莉納斷然說完，將手伸向前方。白色魔法陣無聲地展開，銀色的巨大戰鎚憑空出現。亞莉納握住戰鎚。

「我想早點打倒妳們，回去參加重新開始的百年祭。妳們想早點離開這裡，到地面上大殺特殺。能達成願望的，只有其中一方——」

亞莉納瞪著葳娜，說道。

「——活下來的那方哦。」

43

「啊啊煩死了……煩死了煩死了……！明明只是飼料，怎麼可能活下來！」

葳娜亢奮地大吼，叫著菲娜的名字。

又要變成那個「葳爾菲娜」了嗎？亞莉納一驚，追在被叫過去的菲娜身後。「才不讓妳們得逞……！」正想舉起戰鎚阻止她們會合——

又住了手。

葳娜在停下腳步的亞莉納面前，挖下菲娜的魔神核，放入口中。

「啊哈哈哈哈！妳總算懂了嗎？雜碎不管怎麼掙扎都沒用的事實！」

葳娜大聲嘲笑亞莉納，身體開始變形。亞莉納安靜地注視著那身體不斷變大的模樣。

「我是葳爾菲娜──」

最後，拿著大弓的女巨人現身。雖然她眼神空虛，但箭頭卻精準地鎖定了亞莉納。

「……」

嘩啦，亞莉納踩著水窪，站在葳爾菲娜前方。

她當然不是放棄掙扎。但傑特已經不在的現在，她難以對付擁有麻煩的再生能力的雙胞胎魔神。與這個有如做壞的人偶般的「葳爾菲娜」戰鬥，反而比較有勝算。

問題是，該怎麼打倒這個葳爾菲娜。

「去死──」

咻！快到看不見的銀箭朝亞莉納高速飛來。亞莉納在葳爾菲娜鬆手的瞬間就直接閃身，躲開攻擊。等到箭發射後再躲是來不及的。就算想以戰鎚防禦，也會被銀箭射穿。

轟！銀箭射中水窪，激起暴雨般的水花。根本不像一枝箭能發出的攻擊力。挨了那種箭自己居然沒死，亞莉納事到如今地覺得毛骨竦然。

「我是葳爾菲娜……去死……」

亞莉納以同樣的要領，接連躲過銀箭。儘管能閃過攻擊，卻無法反擊。面對那麼快的箭，隨意接近只是死路一條。

（可是，這樣下去是贏不了的……！）

亞莉納蹬著地面，朝葳爾菲娜前進。她小心翼翼地與葳爾菲娜保持一定的距離，一點一點地逼近對方。

從葳爾菲娜的行動與反應看來，她沒辦法做複雜的思考，是只有力量異常強大的魔神。想贏葳爾菲娜的話，只要有凌駕於她的力量就行了。

就亞莉納所知，能超越她力量的方法，只有一個。

亞莉納躲過接連射來的銀箭，轉眼之間來到葳爾菲娜眼前。這個距離，可說來到死亡領域之內了。只要專注力稍有鬆懈，沒看清葳爾菲娜的動作，就會立刻死亡。

「我是葳爾菲娜……去死。」

咻！銀箭激射而出。

亞莉納呼著氣，在戰鎚上凝聚所有力量，以正面迎擊那死之箭。錚！驚人的巨響震蕩在洞窟裡。

——為什麼那時候，亞莉納能戰勝魔神席巴呢？

亞莉納不明白自己為什麼戰勝魔神席巴。不過那時，確實有某種力量起了作用。原本旗鼓相當的力量，在最後一刻，變成亞莉納占了上風。

低位格的力量贏不過高位格的力量。這是人們對充滿謎團的技能唯一清楚的部分，也是顯而易見的事實。

至於同位格的力量，自然也就不分軒輊。不過反過來說，假如沒有發生其他的事，同位格的力量應該會旗鼓相當到最後才對。

既然如此，為什麼亞莉納能勝過魔神的神域技能呢——可以想到的理由只有一個，就是亞莉納的技能，潛藏著比神域技能更高位的力量。

比如說，假如亞莉納的〈巨神的破鎚〉能在某種條件下出現「異變」，發揮出超越神域技能的力量的話——

嘰嘰嘰嘰！銀箭製造刺耳的噪音，鑽入戰鎚之內。儘管亞莉納不斷將力量灌注在戰鎚上，死之箭仍然貫穿戰鎚，劃破了亞莉納的肩膀。同時破損的銀色戰鎚，則發出白光，消失無蹤。

「唔……！」

亞莉納被風壓吹飛，在洞窟冷硬的地面打滾。光是被劃傷，剛才感受過的劇痛就全部回來了。過於疼痛，使亞莉納全身冷汗直流。但假如這一戰輸了，終究是死路一條，現在沒空理會那些疼痛了。

「……對我來說啊，被妳們害得不能參加期待那麼久的百年祭，我也是火大到不行哦……！」

亞莉納小聲說著，咬牙怒瞪眼前的葳爾菲娜。

「每次每次都來妨礙我平穩的日子，妳們以為我會輕易放過……!?」

亞莉納向前伸出右手，大喝：

「發動技能〈巨神的破鎚〉！」

由於連亞莉納自己都不明白技能出現「異變」的條件，所以她能做的事只有一件。就是戰鬥到「異變」發生為止。

「去……」

原本機械般只會說同一句話的葳爾菲娜，突然住了口，也不射出手上的箭。她看著亞莉納，如石像般僵住了。

因為出現在亞莉納手中的，不是平常的銀色戰鎚。

而是耀眼奪目，飄散著金色光點的黃金戰鎚。

「去……去……」

彷彿在害怕什麼似的，葳爾菲娜動彈不得。空洞的雙眼第一次聚焦，看著亞莉納的雙眸中，帶著明顯的恐懼。

「去……！」

接著，葳爾菲娜做出了與先前完全不同的怪異行動。她把箭尖從亞莉納身上移開——轉往躺在地上的露露莉。

「！」

「去死……」

葳爾菲娜拉緊弓弦。亞莉納一驚，邁開腳步。假如弓弦離手，一切就完了。因為亞莉納追不上那凶暴的死之箭的速度。

「唔……」

焦急，慌張，她拚命地朝露露莉跑去。但不行，還是來不及——

忽地，毫無根據的信心閃過亞莉納心中，讓她大喊那個名字：

「傑特！」

瞬間。

彷彿回應亞莉納的呼喚似的，盾牌橫空飛來，擊中葳爾菲娜的手，使她的箭稍微偏離目標。下一瞬，帶著驚人破風之聲的死之箭，擊碎了離露露莉數步之差的地面。

一看到結果，亞莉納立刻改變方向，朝葳爾菲娜奔去。葳爾菲娜也當刻改變目標——朝挺起上半身的傑特拉緊弓弦。

「別以為妳可以為所欲為……！」

亞莉納沉聲說著，蹬地躍起，揮動飄散發著金色光點的巨大戰鎚。

「妳的，對手……！」

亞莉納繞到箭尖所指的前方。咻！死之箭激射而出，幾乎同時，亞莉納揮起戰鎚。帶著致死威力的箭矢，與亞莉納的戰鎚正面衝突——

「是我!!!!」

錚！沉悶的聲音響起。

勝利的，是亞莉納的戰鎚。渾身解數的一擊，粉碎了銀色的箭矢。黃金戰鎚餘勢不止，確實擊中了鑲在葳爾菲娜頸部的黑色魔神核。

「我那麼期待，努力加班、加班……好不容易才能參加的百年祭……拋下那麼想參加的百年祭來這理的原因……妳懂嗎……!?」

啪嘰，啪嘰！魔神核出現無數細小的龜裂，逐漸崩壞。亞莉納話語中的情緒接近憤怒，又像是不甘心，她瞪大眼睛，在手上繼續使勁，從牙縫間擠出聲音：

「想奪走我重要的事物的……管他是魔神還是神明，我都不會饒恕……!!」

每當戰鎚多陷進魔神核一點，葳爾菲娜苦悶的哀號就會迴蕩在洞窟裡，岩壁上的水珠震動，滴落——

「差不多給我去死吧啊啊啊啊啊————!!!!」

啪嚓！魔神核出現致命性龜裂的瞬間——

「……啊……啊……」

葳爾菲娜無力地呻吟，其身影如煙霧般消失。

44

見葳爾菲娜完全消失後，亞莉納首先去檢查露露莉的情況。

露露莉似乎只是失去意識而已。亞莉納肩上的箭傷，已經因為打倒施術者而消失無蹤了。

亞莉納安心地鬆了一口氣——重新環視周圍。

發著淡藍色光芒的神祕洞窟。地上的水窪反射著藍光，閃閃發亮。到處血跡斑斑，看起來怵目驚心。

疲勞一下子湧了上來。亞莉納揹著昏迷的露露莉，撿起地上的魔杖，來到最後一個人身旁。

「……你果然還活著嘛。」

亞莉納低頭，傻眼地對再次躺平的傑特說道。

「……可是手腳完全用不上力……能把盾牌丟出去，根本是奇蹟。」

傑特以虛弱的聲音回道。亞莉納朝他豎起拇指：

「丟得好。」

「亞莉納小姐，妳居然知道我還能動啊？」

「只是有那種感覺。說起來，生命力和蟑螂沒兩樣的傢伙，怎麼可能說完『接下來交給妳了』那種漂亮話之後，就真的掛點呢。」

「……」

亞莉納無視傑特很想說什麼的視線，放下露露莉後，癱倒似地坐在地上，任憑疲勞壓在身上，恍神地看著半空中。沉默了幾秒後，她彷彿想趕跑勝利的餘韻似地重重嘆氣，小聲地道：

「……到頭來……根本沒有……享受到百年祭……」

雖然戰勝了魔神，可是已經沒有體力能回去參加重新開始的祭典了。本來決定三天都要大玩特玩的百年祭——才第一天，就不得不放棄心願。

「……對不起……」

傑特莫名尷尬又消沉地道歉。

「是說魔神也不必特地挑百年祭時復活啊……！」

亞莉納不甘心地顫聲說著。今年一定要全程參加百年祭——如此立誓，從好幾個月前就開始做準備，努力與加班奮戰過來。明明如此，卻在第一天就遭到襲擊，而且連魔神都復活了。這算什麼啊？是什麼天譴嗎？

「每個傢伙都打擾我玩樂……這算什麼……這算什麼啊——!!」

亞莉納難過地吶喊，在洞窟裡放聲大哭。

45

「……真的重新舉行了。」

一週前的襲擊就像作夢一樣。亞莉納看著因祭典而熱鬧得理所當然的伊富爾大街，傻眼地自語。

打倒魔神已經是一週前的事了。雖然主辦單位在第一天的攻擊後，強行在混亂之中繼續舉行夜之祭典，可是經過慎重的討論後，還是取消了第二天之後的活動。最終決定暫時喊停，縮小規模為一天，延到一週後重新舉行。

雖然沒有直接停辦，就該感謝主辦單位了。亞莉納如此心想，來到街道上。

儘管曾經遭受過襲擊，馬路上仍然熱鬧無比，到處都是嘈雜的冒險者。亞莉納繼續逛起第一天來不及逛完的攤位，一手拿著鹽烤魚肉串，尋找下一個目標——就在這時。

周圍的景色突然靜止了。

（這是——）

不論是正在喝酒的冒險者，或是大聲招攬客人的老闆、打得火熱的情侶……每個人都彷彿時間被暫停似地靜止不動。不對，不是「彷彿時間被暫停」，而是——

「唷，小姑娘。」

果不其然，從時間確實被暫停的街景中出現的，是公會會長葛倫。這是他以技能〈時間觀測者〉做到的。

〈時間觀測者〉是能停止周遭時間，進行「觀測」的罕見超域技能。在葛倫還是現役冒險者的時代，這技能不但被稱為無敵技能，也使葛倫成為名符其實的最強冒險者。但由於超域技能對位格更高的神域技能無效，所以亞莉納的時間沒有被暫停。在場的人中還能活動的，只有葛倫和亞莉納而已。

「這次也受妳關照了，我是來道謝的。」

「沒必要特地為此暫停時間吧。」

「因為這麼做可以省掉很多麻煩嘛。」

「那倒是……」

亞莉納不過是一介櫃檯小姐，是公會的底層員工，假如被人看到公會會長找她說話，說不定會帶來麻煩。而且她之前已經被看到和傑特一起參加祭典了。

「請你把這種基本常識告訴傑特・史庫雷德。他總是不分時間地點來找我說話……」

「哈哈，對那傢伙說什麼都沒用啦。他絕對是故意的。」

果然。晚點再去掐死他……

「聽說這次的敵人很強──應該說這次的敵人也很強呢……那之後，傑特和露露莉躺了好幾天呢。多虧勞直接到總部請求支援，才能那麼快把兩人從永恆之森送到公會的醫務室。」

砰，葛倫把手放在亞莉納肩上，黝黑又帶著威嚴的臉上帶著溫柔，笑道：

「最重要的是，每個人都生還了。這全都要感謝小姑娘。」

「這次之所以能獲勝，不是我一個人做到的……是說，比起那種事！」

亞莉納橫眉豎眼地，瞪著比自己高兩個頭的葛倫。

「你不是說要增加伊富爾服務處的櫃檯小姐，讓我不必再加班嗎？那件事進展到哪了!?」

「咦？再、再等一下吧。因為有很多要處理的部分……」

「一定要說話算話哦……！」

亞莉納低聲道。葛倫狼狽地後退好幾步，冷汗直流，加快了說話速度。

「總、總之，我今天是為了討伐魔神的事來向妳道謝的……啊，下個行程的時間快到了，我得走了。」

「你一定，要說話算話哦……！」

「我、我知道我知道。那麼，妳就好好享受百年祭吧。」

葛倫緊張地想落跑，又突然停下腳步，回頭對亞莉納說道：

「……對了，小姑娘，下次也要拜託妳了。」

「啥!?請不要說那種觸霉頭的話，沒有下次。」

「哈哈，說的也是。」

葛倫裝傻地笑著，高大的身影消失在靜止的人群中。他的身影完全消失時，時間再次無聲地動了起來。

46

「重頭戲的時間快到了呢。」

夜深，百年祭結束的時間即將來臨。

縮短日程重新舉辦的百年祭，把第二天的活動全部省略，只舉行第三天的活動。這應該是因應廣大冒險者的要求的結果吧。

因為冒險者們都想參加每年都會舉行的，第三天的重頭戲——鎮魂儀式。

百年祭會隨著鎮魂儀式一起落幕。到頭來，還是沒能逛完所有攤位。亞莉納將悲傷與消化不良，連著葡萄酒一起吞下肚後，急急忙忙地前往大廣場。

（雖然沒能達成暢玩三天的目標，不過能參加到最想去的鎮魂儀式也算不錯——）

「亞莉納小姐！」

亞莉納正感到安心時，身後傳來屬於男性的呼喚聲。

「……」

一聽到那過於熟悉的聲音，亞莉納的臉立刻沉了下來。她回頭，傑特・史庫雷德正一面揮手，一面跑過來。當時如字面上形容滿身是血的男人，僅僅經過一個星期就已經活蹦亂跳——亞莉納也開始習慣這種事了。傑特一來到亞莉納面前，便笑咪咪地說出無理的言論：

「說好要約會一天的，還剩半天不是嗎？所以我來找妳了。」

「哪有剩！一天就是那一天，早就結束了！」

亞莉納用力嘆氣，忽地冷靜下來，把視線從傑特身上移開。

「……算了。就陪我一下吧。」

「咦？」

明明是自己跑來纏人的，但聞言，傑特卻不知該怎麼反應似地眨了兩次眼睛。

「咦？亞、亞莉納小姐，真的可以嗎……？」

「嗯。」

亞莉納帶著傑特，穿過夜晚的黑暗，來到燈火通明的大廣場。她在入口附近的攤位上買了一個有細小金屬提把、輪廓矮胖的小瓶子。

這不是普通的瓶子，是利用遺物技術製作的光閉瓶(Light Bottle)。瓶子本身會在製作完成的一定時間後完全消失，只留下瓶中的內容物。這樣的東西有什麼用處？就只有在百年祭的這天派得上用場——不，它正是為了這個時刻開發的物品。

「這是……」

傑特原本想說什麼，但沒有問出口，只是安靜地走在亞莉納身邊。

百年祭第三天舉辦的鎮魂儀式。

為了祭弔殉職的冒險者的靈魂，將象徵靈魂的魔法光球放在光閉瓶裡，再將瓶子放在特設舞臺上——只有這樣。

中央廣場已經放置數百個點亮的光閉瓶，形成微光的集合體了。

為了第三天的這個時刻建造的特設舞臺，也拿下了原本遮蓋在上的布塊。把大廣場的噴水池當作樹幹，周圍放置光閉瓶的架子如樹枝般散開。遠遠看去，就像一棵由光點形成的大樹。

噴水池的水也因光閉瓶而粼粼發光，醞釀出一種夢幻的氛圍。

但彷彿在破壞這美麗的光景似的，坐在周圍石地板上的冒險者們不是喝酒，就是大聲吵鬧，除此之外還有忙著秀恩愛的情侶，根本沒人為死去的冒險者流淚。不過，絕對不是因為這些人無情無義。

不在鎮魂儀式中落淚——這是長久以來的默契。為了不讓飛往天上的靈魂感到寂寞，為了不讓被留下來的靈魂困在悲傷之中。

「傑特，你會使用魔法對吧？」

亞莉納把空的光閉瓶塞給傑特。

「幫我點亮這個。我沒學過魔法，沒辦法點亮瓶子。」

「……我來做，可以嗎？」

「嗯。」

傑特點亮光閉瓶後，亞莉納把瓶子放在特設舞臺的一角。兩人買了酒，在廣場上找了個能遠遠看到燦爛的特設舞臺的地點坐下。

「我小時候，有一個認識的冒險者死了。」

「……這樣啊。」

「那個冒險者……名字叫許勞德。我和他很要好。」

「……」

奇妙的沉默後，「是這樣啊。」傑特小聲回道，不再多問。亞莉納似乎也不打算繼續多說。兩人拿著酒，眺望著無數光閉瓶形成的光之美景——

「……傑特，你不會死吧？」

亞莉納無意識地發問。幾秒後，總算發現自己說了什麼的亞莉納漲紅了臉。

「不!?不是哦！反正生命力和蟑螂一樣的你就算殺也殺不死！應該說你是死是活都和我沒

有關係！剛才說的不算！不算！」

亞莉納慌張地做出打叉的手勢，傑特回以爽朗的笑容。

「放心吧，亞莉納小姐，除了妳的鎚子，我不打算死在其他人手上。」

「就說剛才那些不算了……！」

亞莉納想轉移焦點似地，在石地板上躺成大字形。

「是說到頭來，今年還是沒有享受到百年祭嘛——!!!!」

喊完，她又坐起來，一口氣喝完杯中的酒，把臉埋在膝蓋中，心煩意亂地縮起身體。

「結果只有第一天跟你逛了祭典而已……這樣不就只是普通的約會了嗎……明明還有那麼多好吃的東西，精彩好看的東西，我本來想用三天全部打卡的說……！嗚……嗚……嗚哇啊啊啊啊啊——!!」

「亞、亞莉納小姐，妳冷靜點。」

「——咦，這不是伊富爾服務處的亞莉納妹妹嗎——!?」

就在亞莉納大哭時，有人大聲說道。

幾名身上帶著酒臭味的冒險者手上拿著酒杯，站在亞莉納周圍。

出現了呢你們這些居心不良的臭男人——傑特小聲嘟囔，瞪著那些男人。

「喂你們，想搭訕就去找別人。亞莉納小姐正在和我約會哦。」

「欸？白銀的老大!?什麼嘛，亞莉納妹妹跟傑特先生在一起嗎？結果亞莉納妹妹也是看臉呢～！」

「不是的。」

原本像小孩子般哭鬧的亞莉納，迅速地轉換成工作模式的表情。

「因為他提出了難以拒絕的交換條件，強迫我和他約會。這是新型態的援助交際。」

「等等，亞莉納小姐妳那樣說是要讓我失去社會的立足點……」

「——這女孩啊，做事很勤快哦！」

一名冒險者突然這麼說，氣氛一下子變了。

「咦？」

亞莉納訝異地眨眼，其他冒險者也陸續用力點頭，以吵死人的音量聊了起來。

「你在說什麼啊，那是當然的啊！她處理委託的速度可是比其他櫃檯小姐快了一倍哦！」

「不過相反的，如果多聊一句和委託沒關係的事，她就會以眼神殺人呢！哈哈哈！不過速度很快哦。」

「雖然臉上掛著笑容，可是感覺很恐怖！但還是會想去亞莉納妹妹那裡排隊呢。該說會上癮嗎？看她俐落地做事，有一種舒暢的感覺。」

「伊富爾服務處每次都要等很久，所以我以前不太去那邊的，自從亞莉納妹妹來了之後，我就開始會去了。」

「趕著接委託時，就會很感謝亞莉納妹妹呢。」

「我從亞莉納妹妹剛來服務處時就認識她了。一開始時拚命做著不熟練的工作的亞莉納妹妹，已經在不知不覺變成幹練的櫃檯小姐了啊。叔叔覺得有點開心，又有點失落。」

冒險者們紛紛說著出乎意料的評語。

「……咦……？」

亞莉納怔怔地張著嘴，不知該怎麼說話。一旁的傑特一臉自己被稱讚似的，得意地笑了起來。

「他們這麼說呢，亞莉納小姐。真是太好了。」

「什、什麼太好了……」

臉莫名其妙紅了起來，亞莉納忍不住別過頭。

沒想到會被這麼說——亞莉納從來沒想過，會被人感謝。

因為那就是她的工作。她只是在做理所當然的事而已。

為了薪水，為了穩定的生活，為了準時下班。自己做的一切，全是為了構築理想中的平穩人生。自己從來沒有為冒險者著想過。可是——

「亞莉納妹妹啊，不管有多少人排隊，她都絕對不會把人趕走哦。雖然表情很恐怖，但絕對會把所有排隊的人的委託處理完。如果是其他人，『今天很忙你們去別的服務處接委託』都是理所當然地那麼說……」

儘管是醉鬼說的話，但是被這麼說，胸口還是熱熱的。有一種不知名感情充滿心中。滿溢著溫暖。

沒錯，非常灼熱。

熱像是要燃燒殆盡似的……

啊啊，這是……

——憤怒。

「……原來如此……也就是說……你們是故意來我的窗口排隊，害我非加班不可……？」

因亞莉納的重低音呢喃而忽感慌張的，是原本在一旁得意點頭的傑特。

「等————一下亞莉納小姐，剛剛應該算是美談……」

「美談能吃嗎！我想要的只有準時下班而已!!」

「欸……」

「竟敢增加我的工作量……！給我把牙齒咬緊你們這些混帳冒險者——!!」

亞莉納怒吼，把空了的酒杯重重放在地上，掄起拳頭，朝冒險者們衝了過去。「等一下亞莉納小姐!!」傑特連忙從後面架住她。因為喝醉而沒有想到要發動技能，對那些冒險者與亞莉納來說，都算撿回一命。

「等、亞、亞莉納小姐冷靜點！冷靜！不要衝動！」

「吵死了你們不要來我的窗口排隊啦！看到我這裡人很多時給我自動去其他窗口排隊！我想準時下班回家!!不要增加我的工作量！！！」

「噢！很有氣勢哦亞莉納妹妹！要和叔叔比腕力嗎？」

被罵的冒險者一臉開心地轉動起肩膀，亞莉納一拳打在他臉上。喝醉了的冒險者們大聲歡呼，「帥哦亞莉納妹妹！再來！」在一旁煽風點火。亞莉納被一群興高采烈的冒險者包圍，恨恨地咬牙，從牙縫發出低沉的聲音。

「都是……因為加班……！我那麼辛苦地加班，就是為了參加期待已久的百年祭……！可是完全沒享受到……！什麼嘛，我被什麼東西附身了嗎!?我上輩子做了什麼壞事嗎——!?」

說到後半，亞莉納已經語帶哭音，雙肩顫抖，淚水在眼眶打轉。為了今年的百年祭，她付出相應的努力，用盡各種手段，才終於有辦法參加。她對百年祭的執著，和就算天天睡午覺也能年年參加百年祭的傢伙，是完全不一樣的。

「亞莉納小姐，我明白妳的心情哦。明年再玩吧，明年。好嗎？——喂你們，亞莉納小姐現在情緒很不安定，你們去別的地方啦。」

「好——你們幾個！不要再妨礙小倆口啦！」

被傑特驅趕，「走了！走了！」冒險者們莫名快活地吆喝著，繼續享受夜之祭典去了。

「啊——！傑特，原來你在這裡。」

彷彿接力似的，正當哭得一把眼淚一把鼻涕的亞莉納抱膝坐下時，又有其他人來了。

「只讓我們去買東西，自己和亞莉納小姐約會，沒有這樣的吧隊長——」

是露露莉和勞。他們似乎在到處找傑特。勞雙手抱著沉甸甸的紙袋，看起來有點無精打采，至於露露莉則是一反這陣子的消沉，有種豁然開朗的清爽。

「嗚，被發現了。」

在慌張的傑特身旁見到亞莉納，露露莉笑逐顏開。

「太好了，亞莉納小姐，接下來和我們繼續慶祝吧！」

「……咦？」

不懂那是什麼意思，亞莉納眨著不再流淚的眼睛。看著那樣的亞莉納，勞勾起嘴角。

「我們趁著祭典快結束前，把各家店裡的食物都掃回來了。雖然因為是賣剩的所以種類不齊，不過還是能延長一下祭典的氣氛吧。」

「回宿舍一起續攤吧！」

「續……續攤……？」

「走嘛，亞莉納小姐。」

傑特催促呆掉的亞莉納起身。

「我已經和大家說好了，因為這次也順利打倒魔神，每個人活著回來……所以來開慶功宴吧！」

就在這時，樂隊的喇叭聲盛大地響起。

那是宣告零時到來，祭典結束，以及鎮魂儀式開始的樂聲。

原本大聲喧譁的冒險者們，也因為喇叭聲而停下來，所有人一齊看向廣場中央的特設舞臺。一瞬的寂靜後——

光閉瓶接連消失，封在其中的光球被釋放而出。

「哦！開始了哦，亞莉納小姐。」

光球們一齊輕飄飄地朝天上飛去的光景，使周圍爆發陣陣的歡呼。

「嗯？歡呼……!?」

因為是祭弔死者靈魂的鎮魂儀式，亞莉納本來以為會是更莊嚴肅穆的感覺，沒想到聽見的是與酒館相去不遠的醉鬼們的歡呼。她不禁驚訝地四處張望，見到各種異常的光景。

根本是只要找到理由就趁機騷動，大聲唱歌的人，醉到脫光衣服的人，完全沒發現光閉瓶消失、忙著喝酒的人、環起手指吹口哨的人、一言不合打起來的人們……野蠻地吵鬧起來。在徐徐上升的許多美麗光點底下，你們到底在幹嘛——令人想如此發火的喧鬧，讓幻想般的氛圍半分不剩。

「咦、咦……？」

亞莉納怔怔地張著嘴，看著眼前的光景。同時她也明白了。兩年前第一次見到的那片天上光海，是因為從遠處眺望，才會覺得那麼美。

「太好了，亞莉納小姐。人們說只要看到這個，就等於享受到五成的百年祭。也就是說今年的百年祭，有享受到十成呢。」

「怎麼可能!!」

回過神的亞莉納，打斷傑特以歪理做出的好聽結論，咬牙切齒地指著明亮的上空。

「我對那道光發誓……！明年……！明年我一定要全程參加百年祭……！」

「亞莉納小姐，鎮魂儀式的光不是那個意思哦。」

「吶——差不多了吧？快點去續攤吧，我手很痠耶……!?」

亞莉納與此起彼落地說著話的白銀成員們，一起前往公會的宿舍續攤。為了看鎮魂儀式而聚集在廣場上的人潮開始散去，其中還有嫌喝得不夠多，轉彎走進酒館的傢伙，真是一堆有精神的傢伙。

（這就是……鎮魂儀式……）

亞莉納因那與想像中截然不同的光景而傻眼，又模模糊糊地心想——

被封在光閉瓶中，象徵許勞德靈魂的光球。亞莉納一直因他的死而感到寂寞。所以才會覺得，假如能在鎮魂儀式中祭弔他的靈魂，也許會有什麼改變。

（但實際上，也許我沒有那麼寂寞呢。）

最近更是有這種感覺。

假如自己一個人參加鎮魂儀式——身負還沒做完的櫃檯小姐工作，強行參加鎮魂儀式，一個人看著那些升天的光球的話，就不會有這種感想了吧。應該會一個人品嘗寂寞，緬懷許勞德的身影，沉浸在過往的回憶中。

但現實中的鎮魂儀式又是如何呢？到處都喧鬧不已，還有死纏爛打的同伴，害自己加班的冒險者們，傻笑著講一些自顧自的話題。

很煩人，令人火大，讓亞莉納根本沒空感慨，沒空覺得寂寞。

（原來如此。我並不寂寞。）

亞莉納忽地回頭，仰望消失在夜空的光球。

工作，終究只是工作。不會更有意義或更沒意義。為了自己的人生工作。為了自己的平穩生活準時回家。就算在今後，這肯定也是亞莉納最大最重要的目標，也是亞莉納的理想吧。

但是現在看來，成為櫃檯小姐後，除了穩定的人生與薪水，以及大量的加班地獄之外，亞莉納似乎還得到了其他的東西。

——和什麼人在一起，也許不是那麼糟的事。

想到這裡，亞莉納的嘴角微微揚了起來。

終

後記

大家好。好久不見。我是香坂マト。

第一集時，因為描寫加班的部分過於寫實，在社會人士間造成話題的本作第二集，大家覺得如何呢？這次也同樣以我的實際經驗，寫出了社會人士常見的職場與加班狀況。

是真的很常見哦！像本集的亞莉納小姐那樣，從好幾個月前就期待的某個活動即將到來時，上司卻突然塞了一堆工作過來！被迫加班！假日也得上班！彷彿故意挑這個時間找我碴似的，然而我也只能在心中「上司————!!」如此憤怒咆哮，掛著笑臉接下工作。氣氣氣……

不用說，我當然把這些怨恨投注在第二集裡了。雖然在現實與職場都不能順心如意……不過不過亞莉納已經痛快地幫我消除那天的怨恨了。能參加祭典真是太好了呢，亞莉納小姐。

別再提我的怨恨了。本集的露露莉很拚命呢。

已經看完內文的讀者應該有發現，這個作品的設定含有遊戲要素，是有角色職業的類型。

雖然寫的是以蠻力揍人的女孩子的故事，其實玩遊戲時，我最常選的是補師類的職業。若要問為什麼，老實說，是因為想在危機中拯救同伴之後，被說「謝謝」而已（我是充滿私心的汙穢人類。）

可是實際玩了補師後，就會知道「在危機中拯救同伴」是相當困難的事。不但得熟知敵人的攻擊模式，也必須根據我方的裝備與行動，事先預測可能出現的危險，否則是無法從危機中拯救同伴的。特別是與難關頭目作戰時，隊伍一旦全滅，遊戲就結束了。

那樣一來，補師這個職業很深奧！為了賭一口氣，就算拚上所有的知識與經驗（以及龐大的遊戲時間與課金額），也一定要幫隊友補血，把快崩壞的隊伍拉回原狀。已經可以說是執念了。補師是為了維持自尊，玩到最後會變成雙眼發光地戰鬥的職業。本集中，我把重點放在這樣的補師上。希望大家會喜歡。

本集也同樣受到責任編輯吉岡大人與山口大人的照顧了。然後，由衷感謝從第一集起，一直為本作繪製超級可愛的插圖がおう老師，出版與宣傳第二集的編輯部的各位，最重要的，是購買了本作公會櫃檯小姐第二集的您。雖然現實不能盡如人意，但明天還是要一起努力活下去哦！

輕小說

雖然是公會的櫃檯小姐，但因為不想加班所以打算獨自討伐迷宮頭目2

（原著名：ギルドの受付嬢ですが、残業は嫌なのでボスをソロ討伐しようと思います2）

作者：香坂マト

插畫：がおう

譯者：呂郁青

日本株式会社KADOKAWA正式授權中文版

【發行人】范萬楠

【出　版】東立出版社有限公司

台北市承德路二段81號10樓　TEL：(02)2558-7277

【香港公司】東立出版集團有限公司

香港北角渣華道321號　柯達大廈第二期1207室　TEL：23862312

【劃撥帳號】1085042-7

【戶　名】東立出版社有限公司

【劃撥專線】(02)2558-7277 總機0

【美術總監】林雲連

【文字編輯】陳其芸

【美術編輯】王　琦

【印　刷】勁達印刷廠

【裝　訂】台興印刷裝訂股份有限公司

【版　次】2022年11月24日第一刷發行